結婚した地味系青年と甘い初夜を迎えたら、何故か朝には美貌の公爵様にチェンジしてました!!

千石かのん

✦

Illustration

旭炬

結婚した地味系青年と甘い初夜を迎えたら、何故か朝には美貌の公爵様にチェンジしてました!!

contents

序章　電撃結婚

人生の門出。ハレの日。家族や友人から祝福されて花吹雪の中を真っ白なドレスで歩くのがリズヴォード伯爵令嬢、ハリエット・フォルトの思い描く『結婚式』の情景だ。

だが、いざ自分の番になってみると、ハレの日どころか午前一時を回った外は真っ暗で月明かりも見えない。更にはバケツをひっくり返したような豪雨が、教会の古びたスレート屋根を叩いている。

石造りの教会内部もひどく古く、周囲を照らすのは祭壇に置かれた二個の燭台の明かりのみで、照らしきれない部分は闇の中に溶け込んでしまっていた。

立会人は友人どころか家族ですらない、小さな宿屋の夫婦で、まるっとした体形に豪快な笑顔が特徴的な女将が、小さな野草のブーケを渡してくれた。

ハリエットの装いに、せめて花嫁らしい演出を……と気を遣ってくれたらしい。

なにせ、彼女は酷いありさまだったから。

（仕方ないわ、ハリエット。運よく最悪な男から逃げ出して、こうして好きな人と結婚できるんだから）

着ているのは夜会用のドレスとは程遠い、綿の部屋着とガウンだ。履いている靴は借り物の男性用ブーツでぶかぶか。外に出た瞬間に豪雨に当たって全身濡れてしまい、結い直す暇もなかった麦藁色の髪が、まるでヴェールのように顔全体を覆っている。

夏真っ盛りとはいえ、さすがに寒くなってきてぶるりと震えると、隣に立つ青年が気付いたようにそっとハリエットの肩を抱いた。

ハリエットの恋人、タッドだ。

彼は、部屋着姿に室内履き、というおおよそ伯爵令嬢にふさわしくない格好で実家を飛び出し、死に物狂いで通りを走った彼女を助けてくれた。

読書が好きで王立図書館に通っていたハリエットは、そこで同じ読書が趣味の彼と出会った。本棚の前で読もうかどうしようか悩んでいた難解な哲学書を、後ろから手を伸ばした彼があっさり取ったのがきっかけだ。

タッドと名乗った彼は、伯爵令嬢のハリエットとは違い、黒い上着にベスト、皺の寄ったシャツ、くったりしたズボンという格好で、いつも長めの前髪をくしゃっとさせた、野暮ったい姿だった。

それでも落ち着いた低い声音と、微笑む口元、前髪の下から時折覗く優しい眼差しなどに惹かれ、以来図書館で見かけると隣に座って読書をしたり、借りた本を図書館の中庭に持ち出して静かに語り合ったり、穏やかで温かい日々を過ごしてきた。

こんな知的で優しい人と結婚できたら幸せだろうなと、ぼんやり思うようになったのだ。

心から楽しいと思えた、三か月。このままずっとタッドと一緒にいられたらと、そう思っていた矢先に、ハリエットの兄、リズヴォード伯爵がトンデモナイことをしでかしたのだ。

恐ろしい金額の借金をこしらえたのだ。

返済できないのなら代わりに妹と結婚させろと提案してきた相手に、兄はどうにかしてお金を工面すると家を飛び出していった。だが、三日経っても戻らず、しびれを切らした借金相手、ロバート・シェイタナが兄不在の屋敷にやってきて、ハリエットに結婚を迫った。それが昨日のことだ。

ハリエットを嫁にする、そのメリットが彼女自身にはどうしても思いつかない。

容姿は兄に言わせれば可愛いそうだが、社交界の判定は十人並み。絶世の美女として名を馳せているわけでも、シェイタナが縁を持ちたいと願う高貴な血筋というわけでもない。

だが、やってきた彼はぎらぎらした眼差しでハリエットを見て、異常な執着を見せた。

その様子にハリエットは確信した。少し前に「そうじゃないか」と思ったのだが、きっとそうなのだ。

ロバート・シェイタナという男は恐らく、無類の処女好きなのだ！

結婚をちらつかせて処女を奪い捨てる。それが奴の欲望を満たす卑劣な手段なのだ。

そんな風に教会に辿り着くまでのあれやこれやを思い返していると、不意に熱い手が冷え切ったハリエットの掌に潜り込んできて、彼女ははっと顔を上げた。

「寒い？」

至近距離からタッドがこちらを覗き込んでいる。

そっとハリエットの手を持ち上げた彼が冷え切った指先に口づけ、前髪の下から窺うような、心配そうな眼差しが見えた。いつもはもっと節度を持った距離で接していたために、間近で見る姿にどきりとする。

そういえば彼の瞳の色も知らないな、と遠いところでぼんやり考えながらハリエットは微笑んだ。

「大丈夫よ。ちょっと……緊張してるだけ」

かすかに語尾が震えてしまった。それを後悔して唇を噛むと、再び手を伸ばしたタッドがそっとハリエットの唇に人差し指を押し付けた。

「ごめんね。また後でちゃんと盛大な式も挙げることを約束するから」

かすれた甘い声がそう告げ、ハリエットは慌てて顔を上げた。

「いいのよ！　結局私の都合でこうなってるんだし……いえ、悪いのはうちの兄だけど……その……タッドに申し訳なくて……」

力なく肩を落とす。そうだ。すべては兄・リズヴォード伯爵が作った借金のせいだ。それを返せていたら、こんなことにはならなかった。

（それでも、結果的に私は好きな人と結婚できるんだから……まぁ、兄のおかげであるともいえるわ）

でもタッドはどうだろうか。

彼は本当は好きな人がいたんじゃないだろうか。可愛らしくて守ってあげたくなるような、繊細で本が好きで、もっとこう、おしとやかな女性が。

問題ばかり起こす呑気な兄を叱り飛ばし、笑顔の裏で人をカモにする社交界の連中に嫌気がさして、紳士達を冷淡な眼差しで見つめる可愛げのない自分よりももっと……。

そう自分で考えて落ち込む、というなんとも情けない気持ちでいると、不意にしっかりと腰を抱かれてハリエットは顔を上げた。回された腕が思いがけず力強くて、またどきりとする。野暮ったい外見だからといって、ひ弱ということはないのだろう。

「俺のことは気にしないで。……ああ、違うね。俺は君を手に入れることができて、心から嬉しいと思ってる。君を奥さんにできるなんて……まだ信じられないよ」

ぎゅっと抱きしめられて、ハリエットはふわりと心臓が浮くような気がした。放したくないと、懇願するような腕の力に、お腹の底から温かいものが込み上げ、鎮座していた冷たい塊が溶けていくのがわかった。

「私もよ」

腕を持ち上げて彼に抱き着き、心から告げる。

「あなたと結婚できて嬉しい」

そうやって、濡れた身体を互いの体温で温めるようにしていると。

「お二人さん、そろそろ式を挙げるんだろう？」

宿屋の主人の呆れたような声がして、はっと顔を上げる。いつの間にか燭台が置かれた祭壇に神官が立っていて、こほんと咳払いをした。

「この地は大昔から、誰もが親兄弟の同意なく、本人の意志のみで結婚することが許された土地である。あなた方は、自分達で決めたこの結婚を、生涯貫くと誓うかな？」

厳(おごそ)かな神官の言葉に、ハリエットの身体に震えが走った。

ここ、イーヴァスはその昔、女王・オヴェリアが騎士と駆け落ちし結婚を申し出た地で、彼女達は駆け落ち婚が合法になるようにと王家に直訴し、長い戦いの果てに唯一、本人たちの同意があれば正式な結婚証明書が作られる特例区となった。

両親に反対された人達や、身分差から婚姻が認められない恋人達がこの地を目指し、ハリエットとタッドも急な婚姻を成立させるために馬車で六時間近くかけてやってきたのだ。

ここで結婚してしまったら、ハリエットはもう二度と伯爵令嬢という身分には戻れないだろう。タッドが何の仕事をしているのか知らないが、それでも彼を支えて農場の女将や商店の女主、小作人の妻をやる覚悟を決めて顎(あご)を上げた。

「もちろんです」

かすかに声が震えた。それに気付いたのかタッドが、ハリエットに回していた腕に力を籠(こ)め、ぎゅっと強く抱きしめる。それからそっと身体を離し、彼女と腕を組んで立つ。

「俺もです」

堂々とした口調で彼は続ける。

「どんな時も彼女を護(まも)り、慈しみ、大切にします。今回みたいな目にはもう二度と合わせない」

きっぱりと言い切るその声が力強く、ハリエットは驚いて彼を見上げた。灯火(ともしび)を受けてちらちらと、彼の輪郭が揺れている。表情はよくわからないが、それでも安心させるよう、彼女の握りしめた拳に添えられた手が熱くて、喜びがじんわりと身体を浸していく気がした。

「私もです」

気付けば、彼女も声を上げていた。

「私も！　タッドを大切にします。私にできる限りで、彼を護ります」

きっぱりと告げると、彼の手に力がこもり冷たい額に彼の頬が当たる。

「ありがとう」

（ああ……私、彼の声も好きなんだな……）

落ち着いていて優しく、微かに甘い声。自分も彼に応えるように、ぎゅっと絡めた腕に力を籠めると、真正面の神官が暗がりでもわかるくらい、優しく微笑んだ。

「お二人の意志はしかと、確認いたしました。指輪はお持ちですかな？」

そうだ。婚姻の儀式に欠かせないアイテムの一つだ。

何も考えずに屋敷を飛び出してきたため、そんなものがあっただろうかとタッドを見上げれば、彼は古びたジャケットの内側から小さな包みを取り出した。

「慌てて持ってきたので箱がなくてすまない」

チーフに包んで持ってきたと、彼が解いた布の中に、明かりを受けてきらきらと輝く指輪が二つ並んでいた。

明るい金の地金に、新緑色の宝石とそれを挟むように七色の光を弾く宝石がついている。暗い中でそれは緑玉と金剛石に見えたが、タッドが持っているとは思えなかったので、似た宝石かもしれない。だが、それでも感激して嬉しく、ハリエットは頬が熱くなるのを感じながら彼を見上げた。

「とても素敵だわ」

心からそう告げれば、彼の口元がほころぶ。

「では、互いの絆が永遠のものとなるように証を立てよ」

神官の言葉に、一つをタッドがハリエットの薬指にはめ、今度は、タッドから受け取ったもう一つを彼の薬指にはめる。

その瞬間、宿屋の主人と女将が手に持っていた花かごから白い花を撒き、二人は顔を見合わせた。促されるまでもなく、そっとキスをする。

正真正銘、初めてのキスだ。タッドはどうかわからないけれど、触れた瞬間、二人とも震え、甘い痺れが走ったのは確かだった。

「あとは結婚証明書にサインを」

祭壇に歩み寄り、ハリエットが先にサインをする。続いてタッドがその名を記そうとした際に、ひときわ大きな雷鳴が鳴り響き、驚いて彼女は正面にあるステンドグラスを見上げた。

間髪入れず白刃のごとき稲妻が空を切り裂き、ステンドグラスがぱっと光り輝く。続いて再びの轟音。雷は嫌いではなく、むしろ好きな方だと自覚のあるハリエットは、署名を終えたタッドに後ろから抱きしめられて我に返った。

「さあ、行こう。これで俺達は正式な夫婦だ」

先ほどとはまた違う、濃い色のこもった声音。そっと手を取られて導かれ、これから二人で宿に泊まるんだと思うと急に心臓が激しく脈打ち始めた。

「あのね……タッド……その……」

当然だがハリエットにはそういった経験はない。タッドはどうだろうか？　物静かでちょっと地味な青年だからもしかしたら彼も初めてかもしれない。だとしたら何か大変なことになるだろうか。

「心配しないで」

その彼女の額に口づけを落とし、タッドが優しく告げる。

「大切に扱うと誓うから」

堂々とした物言いに、ふわりとお腹の奥が浮くような気がした。夢の中を歩いているような、そんな気がする。わかったわ、という、たったそれだけの言葉が出ず、ハリエットはかすかに頷(うなず)くだけで精一杯だった。

こうして電撃結婚をした二人は、夫婦となって古びた教会を出た。

外はやはり、相変わらずの雨であった。

1. 恋したひととの初めての夜

「ここ数日嵐続きで、蠟燭を切らしちまってね」

すまなそうに告げて、宿屋の女将がハリエットの手にランプを持たせる。宿屋の二階、狭い階段を上ると、短い廊下の突き当りに二人が取った部屋がある。乗ってきた馬車を厩舎に入れているタッドと別れて、一足先に部屋にやってきたハリエットは、教会と同じくらいの暗がりに肩を落とした。

（でもまあいいわ。かび臭いわけでもないし、床もべたべたしてないし……）

ランプで照らした限り、ベッドも清潔そうで、シーツからは石鹸の香りがした。

「もっとロマンチックな演出もできたんだけどさ」

「いえ、押しかけたのはこちらなので」

慌ててそういえば、鞄を床に置いた女将が部屋の一角、衝立で覆われた個所を指さした。

「一応、湯あみの用意だけはしておいたよ」

「ありがとうございます」

「何か足りないものがあったら遠慮なく言っとくれ」

すでに深夜二時になろうとしているのに、そう申し出てくれた女将に感謝を告げる。扉が閉まるのと同時にハリエットは大急ぎで衝立の裏に回った。

(今回の目的は速やかに結婚してしまうことだもの。そのためには初夜は必須)

タッドが戻ってくる前に、せめて身体と髪は綺麗にしておきたい。

大急ぎで湿った部屋着を脱ぎ、温かなお湯につかる。それから酷いありさまの髪と土埃に汚れた肌を石鹸で丁寧に洗った。用意してくれた乾いた布で身体を拭き、ハリエットは濡れた衣類を一瞥すると、諦めたように溜息を吐いて布を身体に巻いた。

そっと衝立から出ると、タッドはまだ帰ってきておらず、食事を持ってきたくれた女将に硬貨と一緒に部屋着のドレスを渡して洗濯をお願いする。

布一枚、身体に巻いたまま椅子に座るのも違う気がして、ハリエットは食事をテーブルに置くとベッドに座り込んだ。

(横になって待ってたら……それはそれでなんか……違うよね……)

まるで待ってました、といわんばかりの格好になってしまう。でもシーツの上に座り込んでいるのも似たようなものだろうか。

部屋着を渡してしまったために、数少なくなっている選択肢から初夜として最適なあり方を探して悩んでいるうちに、扉が開いてようやくタッドが戻ってきた。

廊下と大差ない暗闇に、少し驚いた様子が伝わってくる。

「ハティ?」

テーブルに置かれたランプが照らすのは、用意した食事だけで人の姿がない。焦ったように名前を呼ぶタッドに、ハリエットは小さく笑うと「こっち」と声をかけた。

「よかった。一瞬、攫われたのかと思ったよ」

ほっと胸をなでおろし、大股でタッドが近づいてくる。そのまま温かな両腕に抱きしめられて、不意にハリエットは柔らかな石鹸の香りをかいで目を瞬いた。

そういえば、着ているのも白いシャツで、先ほどまでのずぶぬれのものとは全然違う。

「君が湯あみしてると思って、俺も下でお湯を借りたんだ。シャツは旦那さんから買ったんだよ」

着の身着のままでやってくる人が多く、一通り着替えも用意しているらしい。

「さすが、駆け落ち婚の聖地ね」

「むしろ、普通の結婚式がほとんどなくて残念だと言ってたよ」

くすっと笑ってタッドが告げ、ゆっくりと身体を離すと、手を伸ばしてハリエットが身体に巻いている布にほんの少し触れた。

「……君の着替えは失念してた」

冷たい指先がデコルテに触れてかあっと耳まで真っ赤になる。思わず彼の手から逃れるように背を逸らせば、その距離を詰めるように彼が身を寄せてきた。

初夜は必須だと、わかってはいるが羞恥心と緊張と、ほんの少しの恐怖が身体を強張らせる。

「あ、あのね」

声がひっくり返る。それを無視して、ハリエットはぎゅっと目を閉じると夢中で告げた。

「わかってると思うんだけど……その……わ、私、初めてで……だから……えと……あの……」

「大丈夫。優しくするから」

耳元を甘い声がかすめ、温かな手が背中を通って腰に触れる。あっという間に引き寄せられて、ハリエットはびくりと身体を震わせた。思わずタッドの胸に両手を突っ張ってしまう。

やや強引に、強く引っ張られたせいで思い出したくもない光景が瞼の裏をよぎったのだ。

ハリエットは奥歯を噛み締めた。

（違う違う……彼はあのシェイタナじゃないわ……）

今と違い、煌々と明かりのともった玄関ホールでみた口髭の男は、狂気に満ちた表情でハリエットを見つめていた。

それを振り払うように頭を一つ振り、ハリエットはそっと目を開けた。

目の前には、あのシェイタナではなく、唇を引き結んだタッドがいる。

彼は、ハリエットの表情が引き攣ったのがわかったのだろう。すっと彼女の身体から離れてベッドを降り、テーブルに向かって歩いていく。

「あの……」

違うのだ。ただちょっと記憶がよみがえって苦しかっただけで、決してタッドと結ばれるのが嫌で腕を突っ張ったわけではないのだ。

そう告げるより先に、彼は不意に明かりを消し室内を本当に真っ暗にしてしまう。それからあっという間にハリエットの元へと戻ってくると彼女の首筋に顔を埋めた。

「安心して。俺はあんな卑劣な男じゃない。君の中の恐怖を上書きしてあげるから、どうか俺の声だけに集中して」

彼の唇が耳朶に触れ、短い悲鳴がハリエットから漏れる。

「ハリエット……ハティ……」

大きく、乾いて熱い掌がゆっくりと布を巻いた身体を辿り、ハリエットは触れる手の優しさに、先ほどの恐怖が徐々に薄れて身体の熱が高まっていく気がした。

「タッド……」

名前を呼べば、彼がぎゅっとハリエットを抱きしめ、唇で耳たぶや首筋をなぞっていく。ぞくぞくするような感触が腰から背中を駆け上がり、彼女は必死でタッドの背中にしがみ付いた。

やがて彼の唇がハリエットの柔らかな唇に辿り着き、深いキスが落ちてくる。

教会での軽いものとは全く違う、噛みつくような口づけ。ふわり、とお腹の奥が浮いて、ハリエットは夢中で彼の背中を掻き抱いた。

甘くかすれた吐息が漏れ、唇を割って侵入してきた舌が、ハリエットのそれを絡めて攫う。どうしていいかわからず、おっかなびっくり差し出せば、吸い上げられて仰天した。

彼の背中に回っていた手はいつの間にかタッドに奪われ、シーツに縫い留められる。暗い中で器用にシャツを脱いだらしく、布越しに彼の熱すぎる体温がハリエットにも感じられた。

「ハティ……いい？」

キスの合間にそっと確認するような声がする。切羽詰まっている声に、ハリエットは必死に頷いた。

身体の奥から込み上げてくる甘い疼(うず)きが、出口を求めてお腹の奥で震えている。それを解放するためならなんだってしたいと、彼女は自ら首をもたげてタッドの首筋にキスをした。

その瞬間、彼の身体が強張り、あっという間に身体に巻いていた布が取り除かれる。

素肌に冷たい空気が触れ、ひんやりとした感触に心許(こころもと)なさを覚える。だがそれも一瞬で、再び熱すぎる身体に包み込まれた。

「ハリエット……」

吐息が耳朶をくすぐり、熱い唇が耳殻を食(は)む。身を捩(よじ)らせれば、彼の手がふわりと柔らかな胸に触れ、短い悲鳴が漏れた。

「あっ」

「ハリエット……可愛い……」

大きな手が胸を掬(すく)い上(あ)げ、ゆっくりと五本の指が肌に沈んでいく。彼の手でやわやわと形を変え、しっとりと掌になじんでいるのが見えないながらにもわかった。途端、脚の間に熱が宿り、ふるりと身体が震えた。

じわじわと溜(た)まる熱にあらがえず、思わず太ももをこすり合わせれば、耳たぶに口づけを繰り返していたタッドがくすりと小さく笑ったのがわかった。

「……感じてる？」

酷く意地悪な声音。優しく穏やかな彼からは到底想像できない、揶揄うようなその口調に、どきりと心臓が高鳴った。

「タッドは？」

何故かちょっと悔しくて、そう問い返せばふっと身体を覆う熱が引いた。彼が身体を離したのだと知り、質問に答えずはぐらかそうとしたことをほんの少し後悔した……その瞬間。

「感じてるよ」

「きゃ」

きゅっと両胸を掴まれたかと思うと、先ほどまで耳たぶを攻めていた唇に頂きの先端を食まれて甘い悲鳴が漏れた。

そのまま彼は濡れた音を立てて、ハリエットの胸にキスや甘噛みを繰り返す。それがわざとだと気付いた頃には、刺激に身体が震え、溜まった快感が爆発しそうになっていた。

「こうやって……俺の愛撫に身を捩って……かすれた吐息を上げる君を感じるだけで……俺も気持ちいい」

胸を責めていた手の片方が、ハリエットの腰の辺りをするりと撫でる。

「ああっ」

ふるっと首を振る彼女の唇から甘い嬌声が漏れた。それに押されるようにタッドがハリエットの身体に掌を這わせ、やがて冷たい太ももへと進出する。

ぞくりとした刺激を感じ、ハリエットは目を開けた。暗くて何も見えないが、脚を持ち上げられ開かされるのがわかった。

「タッド……！」

何をする気なのか、ハリエットは一応知っていた。

人体について書かれた本は読んだし、タッドに純潔をささげると決意した時に、大急ぎで初夜のことが書かれたロマンス小説も読んだ。ただし、具体的なことは書かれず、ふわふわした夢見心地のうちにすべてが終わっている、という内容だったが。

それでも、脚を開くことはわかっていたので、ハリエットは必死に鼓動を落ち着かせるべく深呼吸を繰り返した。暗いために、恥ずかしい場所がよく見えないのも救いだと考える。

明るい所で見られるなんて……今のハリエットにはハードルが高すぎだ。

「力を抜いて」

再び彼の重みが身体に戻ってきて、柔らかな石鹸の香りが二人を包み込む。キスをされ、緩く舌が絡み合い、ハリエットはぎこちなく彼の動きを真似て、どうにかタッドの方へと侵入しようとした。

そんな彼女の必死さが可愛かったのか、それとも自分のプライドのせいか、彼はキスをしながら熱すぎる掌でそっと脚の付け根に触れた。

「んぅ⁉」

驚いたような声が彼女の唇から漏れる。だがタッドはお構いなしに、彼女の秘所をゆっくりと掌全体で包み込んで撫でるから。

「あんっ」

唇を引きはがし、ハリエットが吐息と共に甘い声を上げた。

「やめ」

「やめないよ」

その唇の端にキスをしたタッドが、じわじわと熱を帯びる秘裂に指を滑らせる。

下腹部にもどかしい熱が溜まり始め、それが先ほどまで高められていた快感と結びつき、ハリエットは緩やかに込み上げてくる熱い塊にあえいだ。

「まって……なにか……へん……」

「変って？」

笑いを含んだ声がして、どうしてこんなに彼は余裕なんだろうかと悔しくなる。もしかしたら彼は経験があるのかもしれない。というか……――。

（結構……手馴(てな)れている？）

昔、恋人がいたのだろうか。それともなにかいかがわしいお店に行ったことがあるのだろうか。それともそれともそれとも……。

ぐるぐると考え込んでいるうちに、脚の間、秘裂の上辺りをタッドの熱い指先がかすめ、鋭い刺激が腰から脳天へと走った。

「ああっ」

思わず背中が反り、腰が浮く。

その瞬間を待っていたのか、秘裂の中、濡れて蜜を零す泉にタッドがゆっくりとしなやかで硬い指を押し込んだ。

「あああああ」

再び喉から悲鳴が漏れ、ハリエットの両足が強張る。それを抱え込んだまま、タッドが彼女の膣内をこすり始めた。識らない熱が急激に高まり、それから逃れようとハリエットは首を振る。

「や……いや……」

これ以上内側をこすられたら、なにかトンデモナイことが起きると理性が訴えている。だが、本能はそれを欲し、きりきりした痛みを伴って身体の中心を締め上げようとするのだ。

「あっあっあ」

何かから逃れるように動く両脚を抑え込み、タッドは濡れた音を立てながら掌全体で秘裂を愛撫する。やがて溶けて蜜を零すそこが緩やかに開き、彼の指を複数咥え込んだ。

「ハティ」

不意に震える声が耳朶を打ち、甘い声を上げていたハリエットがはっとする。膣内を掻きまわす指が大胆に動き、彼の親指が、蜜壺の上部にある花芽を押した。

　途端、鋭い快感がハリエットの腰を貫いた。

「ああっ……やあ……やだ……！」

　なんだかわからない、熱い塊が身体の中心に灯って、全身を震わせ押し上げる。

　白く細い首筋にタッドが歯を立て、夢中で吸い上げられる感触に、ぎりぎりと何かが巻き上げられ、それを追いかけてハリエットの意識が一点に集中する。

「ハティ……可愛い」

　その瞬間、彼は秘裂を覆う己の手を素早く引っ込めた。

　あとちょっとで何かが溢れそうだったハリエットが、「あっ」と切ない声を上げる。もどかしさだけを残して熱量が引き、何故か身体の奥深くが切なく痛んだ。

「あ……やだ……タッド……」

　先ほどとは違う懇願を込めて名を呼べば、苦し気な唸り声と共に、何かが身体の中心、蜜壺の入り口に触れた。しなやかな指とは違い、もっと熱く……もっと硬く……大きなものが触れている感触。

　それが何か、ハリエットが考えるより先に。

「挿入るね」

　そう低い、切羽詰まった声が呻くように告げると。

「っあああああ」

重たい一突きがハリエットの蜜壺に侵入してくる。

嬌声が漏れ、中が締まる。硬く熱い楔（くさび）を追い返そうとしているのか……それとも歓迎し締め付けているのか、ハリエットには判断がつかなかった。

だが、苦し気に寄った眉間のしわや、噛（か）み締（し）めて強張った顎の辺りに、いたわるようなタッドのキスが落ちてきて、彼女はやはりじわりと温かさを感じた。

ハリエットの身体を開いた楔が、ゆっくりと抜かれていき、突き入れられたのとは別の、また違う切なさが溢れてくる。

きゅっと体の奥が疼き、彼女は手を伸ばしてタッドの首にかじりついた。

「まって……まだ……」

いかないで、というより先に再び突き入れられて嬌声が漏れる。

目の前が真っ白になるような、それ。びりっとした痛みが走り、中が勝手にきつく楔を締め上げる。

「ハティ……」

明らかに違う強張り方をしたハリエットを抱きしめて、タッドが必死な声で訴える。

「ごめん……止められない」

その切羽詰まった声を合図に、彼がゆっくりと……だがやがて激しく楔を打ち付け始め、ハリエットはなすすべなく声を上げた。

灼熱（しゃくねつ）の律動は止（や）むことなく、やがてそれに呼応するように、ハリエットの身体から痛みが引いていいく。あれが破瓜（はか）の痛みだったのかと、そう気付いた頃には身体中がタッドから受ける甘く、熱く、激しい快感の中に溺れていた。

もっと深く……もっと奥まで……繋（つな）がりたい。身体の奥まで満たしてほしい……。

「タッド……タッド」

喘（あえ）ぐようなハリエットの声に、彼はキスの雨を降らせ、二人一緒に快感を高めていく。再びぎりぎりと巻き上げていくような、身体の中心から脳天へと押されるような、そんな熱い塊をお腹の奥に感じて、彼女はタッドの背中に爪を立てた。

「だめ……だめ……だめぇ」

何が駄目なのか。ここから違う場所に自分が連れていかれそうで、それが怖いからなのか。とにかく首を振るハリエットは、目を閉じていて彼の表情を見ていなかった。

愛（いと）しそうに、それからすべてを食らいつくしてしまいそうな、欲望にまみれた眼差しで彼女を見下ろしている彼の表情に。

「ハティ……ハリエット……」

その声が名前を呼び、降り積もる快感がやがて頂点を迎える。

一番奥、深い場所をえぐられ痺れるような甘い快感が爆発する。

「あああああ」

長く悲鳴のような声を上げて、ハリエットは真っ白な世界に放り出される気がした。

そのまま自由落下していくような、身体がバラバラになるような、激しい解放のあと、しがみ付いたタッドが、同じくらいの激しさでハリエットを抱きしめていることに気付いた。

膣内が震え、しっかりと締め付けている灼熱の楔が振動するのが何となくわかった。

一番奥に、欲望の証を注がれて、かすれた吐息はタッドのキスに飲み込まれる。

「これで……君は俺のものだ……」

泣き出しそうな声がそう告げる。

聞きながら、ハリエットはくらくらする意識の中で同じように返した。

「ええ……私は貴方のものだし、貴方も……私のものだわ」

その台詞に、熱く湿った額に額を押し当てたタッドが柔らかく囁いた。

「ああ、その通りだね」

これで二人の婚姻は揺るがないものになった。

ハリエットはタッドの、そしてタッドはハリエットのものになった。

甘いキスを繰り返し、引いていく快感の波の中、ハリエットはゆっくりと目を閉じる。互いの熱を分け合い、幸福の中で意識が溶けていく。

ああ……とうとう私は結婚した。心から好きな人と。

そんな未来はないと思っていた彼女は、柔らかく微笑むとまどろみの中へと落ちていったのである。

柔らかな日差しを感じ、ハリエットの意識がゆっくりと覚醒していく。

瞼を持ち上げ、最初に目に飛び込んできたのは、真っ暗だった室内に満ちる透明な朝日だった。昨夜は何も見えなかった部屋の様子がよくわかる。

次に目に飛び込んできたのは、自分とは全く違う、がっしりとした身体。

筋肉の張った腕がハリエットを護るよう、身体に巻きついている。太い首筋と、弾力のある胸元。女性とは全く違う骨格と筋肉質な肌を目の当たりにして、彼女は息を呑んだ。

（単なる読書好きな男性（ひと）だと思っていたケド……）

弁護士とか事務系の仕事をしているんだと勝手に思っていたが、そういうわけでもないのだろうか。

そんなことを考えながら温かな肌に無意識に手を滑らせていると、不意に自分は結婚した相手の名前しか知らないことに気付く。

出会った図書館で話をするだけで、苗字（みょうじ）はおろか、どこに住んでいるのか、家族はいるのか、仕事は何をしているのか……何一つわからない。

だがそうせざるを得ないくらい、ハリエットは切羽詰まっていたし、こうして婚姻を結んでしまった以上、ものすごい貧乏でもきっと何とかなるだろうと腹をくくる。

絶対に、あのいやらしい目つきの男――ロバート・シェイタナより何百倍も良いに決まっている。

（だって私はタッドのことが好きだし……）

自分を閉じ込める温かな腕の中で、ぐーっと足を延ばす。強張った身体のあちこちが痛むが、それも一瞬で、心地よい気怠さが身体を包み込んだ。

彼の熱い胸元に頬を寄せ体温と香りを楽しんでいると、頭上でくすくすと笑う声がした。

「そうやってもぞもぞされると、また良からぬことをしたくなる」

温かな腕がぎゅっとハリエットを抱きしめ、彼の胸元に更に強く抱きこまれる。くすぐったさに笑い声を上げ、彼女はタッドの背中に腕を回した。

「いいわよ？　だって私たちは新婚夫婦ですもの」

書物では学べなかった初夜だが……とても素敵だったといえる。

それをもう一度体験できるならと……そんな思いを込めて笑いながら告げれば、自分を抱える温かな身体が素早く移動をした。あっという間にシーツの上に組み敷かれる。

窓から差し込む朝日が、自分の夫となった男性の姿をくっきりと照らし出した。

彼は骨ばって大きな手で邪魔そうに前髪を掻き上げる。くしゃくしゃだった黒髪が、手櫛ですっきりと持ち上がり、それでも上がりきらなかった数房がぱらりと目元に落ちた。

下に潜んでいたのは金色の瞳。真っ白なシーツの上に横たわるハリエットを見つめて、心なしか獰猛な輝きを放っているように見えた。

引き締まった体躯と、優雅に微笑む口元。愛しそうにハリエットの頬に触れる指先……。

「……ハティ？」

だがハリエットはそのどれもをあまりしっかりと見つめていなかった。見つめていられなかった。

何故なら、見上げた瞬間、頭が真っ白になってどんな思考も入り込んでこなかったからだ。

「どうした？　ハリエット？」

目を見開き、固まる彼女が金色の瞳に映る。

（そうか……私、タッドの瞳の色すら知らなかったのか……）

彼とは淑女らしく、一定の距離を置いて座っていた。人ひとり分、座れるくらいの間をあけて隣にいた。それで構わなかったのだ。互いの時間を尊重し、時折本の内容について語り合う。その語り口調と声と、感想にハリエットは惹かれたのだ。

加えて彼は物静かで、野暮ったい外見をしていた。恥ずかしそうに顔をそむけることが多かったので、ハリエットもあまり彼を直視してはいけないのかなと思っていた節もある。

だから。でも。まさか。

「ハティ？」

甘い声が彼女の愛称を囁き、ぎゅっと握りしめていた手を取られる。そのまま指の背にキスされて、その柔らかく温かい感触に、ハリエットの固まっていた思考が急激に動き出した。

大急ぎで捕まれた手を引っこ抜き、驚いて目を丸くする『彼』の視線から隠すように胸元を覆う。

それからかすれて引き攣り、更には震える声を無理やり振り絞った。

「あ、あなた……あなた……！」

「うん」

「なんであなたがここにいるの⁉　アッシュフォード公爵！」

悲鳴と共に発せられたその名前。

それを受けて、目の前の男性がタッドと全く同じ声で言った。

「それは、この俺……サディアス・クローヴが君の最愛の旦那様だからだよ、ハリエット・フォルト」

身をかがめて、ハリエットの唇に口づける。

ぽかんと開いてしまった唇から、熱い舌が潜り込み奪いつくすようなキスをされる。

なるほど、手馴れているわけだ……と、ハリエットは遠い所で考える。

だって、アッシュフォード公爵と言えば、端麗すぎる容姿とどこか危険な、捕食者のような雰囲気を漂わせる金色の瞳と、官能的な身のこなしで社交界の男女問わず人気を誇る人物だ。

その公爵が……どうしてハリエットにキスをし、あまつさえ愛しそうに見つめるのか！

ていうか、タッドはどうしたのだ、タッドは！

ちゅっと音を立てて離れた公爵を睨み付け、なにがどうしてこうなっているのかを尋ねる言葉を探してぐるぐる考えていると、ふと破壊力のありすぎる笑みを彼が浮かべた。

「騙されたと思っているなら、それは違うよ、ハティ」

にこにこ笑いながら、でも金緑の瞳は笑っていない。そこに宿る熱に射すくめられた動けない彼女に公爵はとてもとても楽しそうにのたまった。

「ただ、君に話した情報が極端に少なかっただけだ」

そうでしょうともおおおおお！

にこにこ笑う公爵を前に、ハリエットは気が遠くなる気がした。

これは夢だ。そうだ、夢だ、夢に違いない。

「……ハリエット？　ハティ？」

こんなことってない。だって自分が結婚したタッドは、物静かで読書が好きで、感想が的を射ていて話してて楽しいひとで……間違っても社交界で超絶な人気を誇る公爵ではない。

「…………絶対に……絶対に違う」

現実逃避するように漏れ出たハリエットの一言。それに、片眉を上げた公爵が実に実に実に楽しそうに告げた。

「違わないよ。ちょっと考えて？　サディアスの愛称はなに？」

その台詞にゆっくりゆっくりハリエットの顔色が青ざめていく。

サディアスの愛称はたしか…………。

ハティの名前を呼ぶ声を遠くに聞きながら、ハリエットはとうとう意識を手放した。

タッド。それがサディアスの愛称だったと思い出しながら。

2. 夫の正体

電撃結婚をする一週間前……――。

きらきらと降り注ぐシャンデリアの灯り(あか)の下で、色とりどりのドレスの裾を翻し、紳士淑女が踊っている。

胸元や髪に飾られた宝石類が星々のように煌(きらめ)いて、アール伯爵家の舞踏室(ボールルーム)には光の洪水が起きていた。

その様子を、ハリエットはホールから少し外れた軽食の並ぶスペースで、両手にフルートグラスを持って眺めていた。向こうから友人が息を切らせて戻ってくるのが見え、手にした一つを差し出す。

「はい、お疲れ様」

「ありがと」

上気した頬と弾む胸。

ぶっ続けで四人と踊ればそうなるだろうなと、少し申し訳ない気分でハリエットは友人のスレイン伯爵令嬢、ティターニア・バルモを先導し、近くにあったソファに並んで腰を下ろした。

「ていうか、あなたもたまには踊りなさいよ。私にばっかり相手を押しつけて」

冷えたシャンパンを呷(あお)り、ティターニアが半眼でハリエットを見る。彼女が踊った四人のうち、二人はハリエットに声をかけてきたのだ。

可愛いとも綺麗とも違う、ぱきっとした印象を持たれるハリエットは、緩くウェーブのかかった、赤味(あかみ)の混じる麦藁色の髪を宝石とリボンで結い上げ、縁取らなくてもくっきりと大きく見える綺麗な黄緑色の丸い瞳を持っている。

一見すると気が強そうな容姿そのままに、彼女は絶対に年若い紳士と踊らない。

そのため声をかけてきた男性はすべて、ティターニアに譲っている。

「そんなこと言わないで協力してよ」

ほんの少し罪悪感を覚えながらも、でも自分の矜持(きょうじ)は曲げられないと頬を膨らませて訴える。頑固なハリエットの様子に、ティターニアは溜息を吐いた。それから踊る人の群れの向こうを透かし見る。

その先に何かを見つけたようで、彼女は呆れたように告げた。

「……またカモにされてるわよ、お兄様」

その言葉に、彼女が見ているものへとハリエットも視線を向けた。

栗色(くりいろ)のふわふわした髪の毛に、おっとりした笑顔を浮かべる兄が数名の紳士と話をしているのが目に飛び込んできた。

彼の様子を確認したハリエットが渋面で唸(うな)る。

「みたいね」

兄、リズヴォード伯爵、コリン・フォルトは生来のお人好しがたたって、どんなに怪しい話にでも乗ってしまう癖があった。要は頼まれたら断れないのだ。

加えて、奇跡的に金銭トラブルで痛い目を見たことが無い。

投資した先が倒産する寸前で手を引いたり、行く予定だったパーティを腹痛で欠席したら摘発されたりと、危ういところで災難を回避してきた。

そのため、本人に「騙された」という自覚が全くないのだ。

こうして学生時代から繰り返される愚行を、それこそ十歳くらいからずっと眺めてきたハリエットが、兄にたかる同世代の紳士に憧れを抱くどころか不信感しか持てなくなるのは当然というものだ。

あの連中はヒトに寄生して利益を上げることしか考えていない、紳士の皮を被ったならず者だ。

「自分で働こうともしないで、人を操ってお金を儲けようだなんて冗談じゃないわ」

うまい話がある、儲け話がある、そんな甘言で近寄ってくる兄の友人知人を怪しみ、彼らが我が家の敷居を跨がないように、女である自分ができることといえば正しい知識を身につけるしかない。

そう、幼いハリエットは心に決めて図書館通いを始めた。

たくさんの書物を読み、ためになる知識からどうでもいい雑学まで、幅広く見識を深めた結果、ハリエットは一つの答えに辿り着いた。

『連中を改心させるのは無理だし、騙される兄の性格を変えるのも無理だ』というものである。

一見、諦めのように思える心理だが、要は本人の性格や、怪しげな事業計画を持ってくる知人を『変える』ことはできないが、『制度』を変えることなら可能だと気付いたのだ。

ハリエットはあの手この手を使って、フォルト家のお金を動かせる人間が自分と、自分が認めた管財人にだけに限定する制度に切り替えた。

領主である兄から権利を取り上げたのだ。

普通なら絶対に通らない。

領地を切り盛りし、領民を護るのが領主の役目だ。それを放棄するなんてありえない。

だが、その『領地を切り盛りする』ために、フォルト家では領主、領民代表、それから相談役のハリエットが加わった『リズヴォード領地会談』を四半期に一度開催し、そこでお金の流れや施策を決定することにしたのだ。

高名な歴史・政治学者の先生の本を読んで、彼が提唱する主義の一端を取り入れた結果だ。

領民代表も、領民達自身が投票をすることで決定している。

お金を持っている人や、広い土地を持っている人が選ばれるわけではなく、あくまで自分たちの生活を良くしようと考えている人間を取り入れているのだ。

こうしてリズヴォード伯爵家では『何事も相談して決める』という下地ができあがった。

案件を持ち帰って検討する制度だ。

領主が独断と偏見で採決をすることが不可能になり、今回のように同世代の紳士に囲まれても、兄はその場で事業に手を出したりしなくなった。

だいぶ、ハリエットの苦労が削減されたのだ。

代わりに、たかっていた紳士達は『そんなのは領主ではない』『領民や女を相手に政治の話をするな』『家長なのに即決しないとは男らしくない』と兄に苦言を呈するようになった。

そんな傲慢すぎる奴らの考え方に、ハリエットが腹を立てないはずはない。

彼女がますます、紳士連中を嫌いになるのも当然というものだ。

中には兄から協力を引き出すためにハリエットに近づく愚か者まで現れるし。

「なぁに、あなた、農民と結婚する気なの？」

ぱたぱたと扇で自分の胸元を仰ぎながら、ティターニアが揶揄(からか)うように告げる。ハリエットは背筋を伸ばした。

「堅実な人と結婚したいだけ。よってたかって人の財産を食い物にする人間が嫌いなの」

特に女性は貴族といえども立場が弱い。庇護者(ひごしゃ)である父や兄が領地や屋敷の権利を持っており、彼らが死んだ際に、それらの権利は一番血縁の近い『男性』へと譲渡される。

自分の人生を謳歌(おうか)するには、女性は結婚するしかない。そうすれば、夫が亡くなった後も寡婦として財産が残されることになる。

だが、ハリエットはその制度自体が気に食わず、いつか自分一人の足で立って生活をすることを夢見ていた。そのために投資の勉強をしていたりする。

ぐいっとシャンパンを飲み干し、きゅっと唇を引き結んでハリエットが今回兄にたかっている不埒(ふらち)

者が誰かをじっと観察した。予測を立てて先回りをする為だ。

あの人とあの人と……なんてしっかりと脳裏にその姿を焼きつけていると、不意に舞踏室全体にどよめきが走った。

どこかから黄色い歓声が聞こえてきて、隣のティターニアまでがそわっと身じろぎした。

「あら、いらしたわよ！」

背筋を正し、首を伸ばす彼女の視線の先に、ハリエットもなにごとかと目を向けた。

「アッシュフォード公爵様のご到着です」

フロアよりも一階分、高い位置にある入り口で執事が到着した人物の名を朗々と読み上げる。

途端、緩くカーブしながら降りてくる階段の下に、人群れができあがった。

（うわ～……よくやるわ……）

どこかげんなりした様子でハリエットはそれを眺めた。

階段を下りてくる黒髪で背の高い美丈夫は、今をときめく公爵様だ。

しなやかな足取りと優雅な物腰。舞踏室を闊歩する様子はさながらこの場を支配する帝王のようだ。

実際、公爵は陛下のお気に入りの孫の一人だったりするし。

更に彼は婚約者もおらず、現在も独身を貫いている。我こそは、と未婚のご令嬢やその母親が彼に向かって突進していき、パステルカラーのドレスに身を包んだ、白い肌にブロンドの娘達が一瞬で群がるのも当然のことかもしれない。

「今日もすごいわね～、彼の周りにピンクの海が広がってるわよ」

どこから取り出したのか、オペラグラスでアッシュフォード公爵と取り巻きを観察するティターニアに、ハリエットが呆れたように目を回した。

「そのうち、その海を割る女性が現れるんでしょう？」

見目麗しい公爵様なんて、そうそう存在しない。

何もご令嬢だけが彼を狙って近づいてくるわけではないのだ。愛人の座を射止めようとする貴婦人やら再婚を狙う未亡人やら……百戦錬磨の女性が彼に近寄らないわけがなく。

「ええ、そのようね」

苦々しい口調でティターニアが答えた。ハリエットもそちらに視線を向け、現在公爵の最有力の結婚相手と名高い、ハーグレイブ伯爵令嬢の姿を捉えた。

彼女は未婚の令嬢にふさわしくない、真っ赤なドレスを着ていた。高く結い上げた金髪にはドレスと同じ色のルビーの宝石バンドが巻かれ、胸元には同系統のネックレスがきらめき、艶(つや)やかな唇にも深紅のルージュが引かれている。

全身真っ赤な、さながら薔薇のような装いに、見事なプロポーションを包んだ彼女がピンクや水色、レモンイエローの海をかき分け、軍艦さながらに公爵へと突進していく。彼に退路を与えず、心情も考えず、傍に居座ることで他の令嬢より先んじていることをアピールする。

振り返った彼に白く長い手を優雅に差し出し、それを礼儀に則(のっと)って公爵が取った瞬間、どこからともなく溜息のさざ波が起きた。

派手な美女にかしづく紳士の図はどこか……絵画の様である。

それを冷めた眼差しで見つめながら、ハリエットは興奮気味なティターニアに断ってグラスを取りにソファから立ち上がった。

公爵が登場すれば、大体の人間がそちらに興味を惹かれる。怪しげな事業を持ちかける連中も幸いなことに彼らの輪の中に加わろうと躍起になっているし。

(今日はこれでお開きかな)

兄の監視目的でパーティに参加しているハリエットはふうっと一息ついた。軽食のテーブルから金色の泡がぽこぽことグラスの底から湧き上がるシャンパンを取り上げる。

そうして何気なく、彼女は公爵とその取り巻きに視線をやった。

腕に絡まっているハーグレイブ伯爵令嬢の艶やかな笑みと、それに曖昧に頷く公爵。令嬢の視線が今度は周囲の男達に向き、花が咲いたように笑い出す。

不意に、取り巻き達となにやら話し出す令嬢から公爵が目を反らし、くるりと舞踏室を眺めた。

先ほどまでとは打って変わって、冷たい眼差しが現れる。

(……ん?)

遠目でもわかる。なにせ、ハリエットは観察のプロなのだ。兄に近づく男達を厳選する眼差しを持っている。

そんな彼女が見た、周囲を睥睨する公爵の金色の瞳には何か、不可解な感情が滲んで見えた。

(打算？　警戒？　興味？)

そのどれもの様で、そのどれもでもない。強いて言うなら……。

(厭世？)

そう。まるでこの世界などなくなればいいと……そんな風に思っているかのような眼差し。

社交界の人気ナンバーワンの存在で、並ぶ者などいない上に政治的手腕もある。更には国王陛下の孫という誰もがうらやむ血筋にありながら、その立場を嫌っているなんて。

ほんの少し彼に興味が湧いて、これから先彼がどんな挙動をするのかと見つめていると、世界を睥睨していた彼の視線がハリエットに向いた。

ぱちりと、音がしそうな勢いで彼の金色の瞳と目が合う。

(え？)

その瞬間、確かに彼は目を見張った。ほんの少しだけ。

読書が趣味だが視力には自信がある。だが、何故彼が目を見張ったのかわからず、ハリエットは自分と目が合ったわけではないのかと、思わず後ろを振り返った。誰もいない。

再び前を向けば、こちらを見る公爵の眼差しにほんの少しだけ色が宿った。

その瞬間、ハリエットの背筋をぞくぞくしたものが走った。腰の辺りから脳天へと向かって一直線に。思わず視線を逸らす。

（い……今の何⁉）

あんな風な眼差しで見られたことなどない。ぞわぞわしたものをお腹の奥に感じ、ハリエットはあたふたと彼に背を向けテーブルに向き直った。

いきなり跳ね上がった動悸を収めるべく、一口サイズの焼き菓子をいくつか皿に取り分ける。マナーなど知ったことかと口に詰め込んでいると、オペラグラスを手にしたティターニアがやってきた。

「私にも頂戴」

「これがおいしいわよ」

生ハムとエビが載った小さなパイを指させば、それを取りながらティターニアが溜息を吐いた。

「やっぱり素敵ね、アッシュフォード公爵様」

「……素敵」

冷たい眼差しで舞踏室を見渡していた彼が……素敵。

「ええ。できれば彼と結婚したいって思うくらいに」

「……結婚」

一瞬だけ垣間見えた、瞳をよぎる銀色の光。あれはまるで、獲物を狙う捕食者のようだった。

「でもきっと、選ばれるのはレディ・ハーグレイブかしらね」

その台詞に顔を上げれば、終始付きまとうハーグレイブ伯爵令嬢の姿が飛び込んできた。何事かを囁き、唇を尖らせる。その彼女に、公爵は礼儀正しく微笑んで何か答えているが……。

「目が笑ってない」

「え?」

あの一瞬。

何か言った? と振り返るティターニアに「何でもないわ」とハリエットは胡麻化した。

目が合った一瞬。ハリエットは公爵の『本質』をほんの少し垣間見た気がしたのだ。

すべてに退屈していたような彼が見せた、鋭すぎる興味。

でもそれが自分に向けられたものだとは思わない。きっと何か、『こちらの方向』に彼の興味を惹くものがあったのだろう。

とても美味しそうなものを見つけたと言わんばかりの眼差しを、向けるくらいに。

再び笑い声が上がり、ティターニアが持っていた皿をハリエットに押し付けた。

何が起きたのかと、興奮した様子で再びオペラグラスを覗き込む。

そんな彼女にハリエットはくるりと目を回し、今日はもう何も起きないだろうと、兄を連れて帰る算段をするのであった。


「だからね、きっと人当たり良く見せている人ほど裏では何かを企んでいるんだと私は思うの」

膝の上に載せたナプキンから厚切りベーコンのサンドイッチを取り上げてぱくりと噛り付く。王立図書館の中庭は、昼時ということもあってベンチや芝生に座った人達がのんびりと昼食を楽しんでいた。

大きな木の根元に据えられた、四人がけのベンチに座るハリエットも、料理人が持たせてくれたお昼を片手に、隣に座る友人と気兼ねないおしゃべりを楽しんでいる。

「……確かに、人間は他人に見せている部分だけがすべてだとは限らないだろうね」

ベンチの端と端にハリエットと友人が座り、あとの座面には二人が持ち寄ったお昼ご飯と持ってきた本が積み重なっている。

もちろん、本は汚れないように細心の注意を払い、食べ物から遠い場所に置かれている。そのため、ベンチが満杯になっているのだ。

友人が持ってきたアルコールの入っていないシードルの瓶を、貴族のご令嬢とは思えない所作で口にし、ハリエットは友人の意見に「でしょう?」と勢い込む。

「絶対に何か企んでるわよ、あの人」

「ちなみに誰なのかな? その『人気者なのにどことなく危ない感じがする紳士』って」

揶揄うように尋ねられ、ハリエットはうふふ、と短い笑い声を上げた。

「駄目よ、タッド。教えられない。こういうことは回り回って相手の耳に入っちゃうんだから」

「まあ……大体の想像はつくけどね」

にっこり笑って、友人――タッドは自分が持ってきたサンドイッチを口にした。その様子にハリエットは心の底から幸せそうに微笑んだ。

こうやって気兼ねなく、自分が言いたいことを理解しくれる異性の友人がいることがハリエットには信じられない。彼女が知る同世代の紳士とは大違いだ。

彼らは女性を基本的に馬鹿だと思っている。

おとぎの国で暮らし、可愛らしく微笑んで自分のことをちやほやしてくれる女性こそ理想だと思っていて、結婚相手に求める条件に、頭の良さは入っていない。

馬鹿な振りをして紳士をゲットする狡猾（こうかつ）な女性がいることに彼らは気付いているのだろうか。

「一応、その哀れな紳士を同性として庇（かば）うなら、彼に群がる人間すべてが紳士の厭世感を煽っているんだと思うな」

タッドの静かで深い物言いにハリエットは目を見張った。

「……確かにそうね、一理あるわ」

あんな風に男女問わず、自分の利益を追求しようとする輩に終日まとわりつかれたら、どんなに立派な立場の人間でも世の中が嫌になるだろう。

彼らが見ているのは、アッシュフォード公爵が持つ物ばかりなのだから。

改めてタッドを見る。

長めの前髪はくしゃくしゃで、その下の瞳の色をハリエットは知らない。だが穏やかに微笑む口元と、ベストにシャツ、ズボンという素朴な格好のわりに、シャツの襟や袖が真っ白だったり、ズボンのすそが擦り切れていないことから、どこかの裕福な商家の息子だと勝手に思っている。

未婚の女性と話す際の礼儀として、絶対にすぐ傍に座らない彼は、ぐいぐいきては自分のことばかり話す紳士連中とは大違いだ。

(やっぱりいいなぁ……一緒にいると落ち着く……)

あまりこちらを見ず、淡々と話す姿勢にも好感が持てるし、何より読書をする女性を馬鹿にしたり嫌ったりしないところがいい。

タッドとハリエットを繋いだのも借り手がほとんどいない哲学書だった。読もうか悩んでいた彼女の後ろから彼がその本を手に取ったのだ。

本のインクの香りの中に、ふわりと混じった彼自身の香り。

大地と森の香りがして思わず振り返ると、礼儀正しく彼女から距離を取る、くしゃくしゃの髪で長身のタッドがいた。

気付けば「その本に興味のある人がいるとは思いませんでした」と声をかけてしまっていた。

あれから三か月しか経っていないが、図書館に一日中こもると決めている安息日前日のお昼は、この中庭で二人一緒にとるまでになった。

(所作も一々綺麗なのよね……)

ハリエットと同じく、シードルの瓶を呷る仕草も、なんとなく様になっている。見ていてどういうわけか『綺麗だな』と思う部分が多々あるのだ。

「……ハティは伯爵令嬢ということだけど、その紳士に興味はないの？」

　不意にそんなことを聞かれて、ハリエットはぽかんとしてしまった。

「え？」

　瓶を置いた彼は、両手を座面に着くと頭を逸らして夏空を見上げる。さわっと涼しい風が吹いて、彼の漆黒の髪をさらさらと揺らし、何故かどきりとしながらハリエットは手を振った。

「ないない。だって相手はとんでもなく人気の紳士なのよ？　そんな人と関わり合いになんかなりたくないもの」

　それに、彼の周りには兄に群がるのと同じ匂いのする紳士もいた。

「もしかしたら兄を誑かす怪しい事業に手を出してるかもしれないし。あ、ひょっとしたら事業の企画主は彼かもしれないじゃない」

「ふうん」

　気のない返事がタッドから漏れる。

「ま、なんにせよ、真相がわからない以上他人について、とやかく言う権利は俺達にはないしね」

　あっさり言って、再び隣のバスケットに手を伸ばすタッドに、ハリエットはじわりと胸の奥が熱くなる気がした。

　この人はいつもそうだ。どんな噂話も悪口もきちんと考えてから答えるようにしてくれる。まるっと全部を信じてあっさり騙される兄とは大違いだ。

（やっぱり私……タッドが好きなんだなぁ）

商家の息子と伯爵令嬢だと、相手の資産がどれくらいかによって結婚できるかどうかが決まってくる。もし、大きな会社を経営しているような人物のご子息だったら、伯爵令嬢のハリエットが嫁いでも問題ないだろう。

だが、普通の商店の息子とか小作人の長男とかだった場合はどうだろうか。

（私は全然、構わないんだけどな……）

散々怪しげな金儲けの話を見聞きしてきたのだ。

堅実に働いて安全な家と食べ物と、そして書物を読める時間があれば文句はない。夫の破れた靴下を丁寧に繕いながら、暖炉の前に二人で座っていろんな話をするので十分だ。

いつか本気で結婚を考える時がきたら、と自分の適齢期を棚に上げてハリエットはぼんやりと考える。

どこかの貴族に嫁がされそうになったら、彼にこちらからプロポーズしようと。

そしてこのプロポーズの瞬間は、ある日突然訪れることになるのだが、この時のハリエットには知る由もなかったのである。

◆◇◆

（一体全体どうなってるのよ……）

ハリエットは昨日付けで夫となった相手に、頭を抱えたくなった。

現在二人は領地に戻るべく、馬車に乗って移動中だ。昨日と同じもので、同乗する相手も同じ。なのに、あの時は気安く安心すらしていたというのに、今は不安と緊張しかない。

それに、自分には考えるべきことが有る。

兄の件だ。

（あんな風にシェイタナから逃げてきたけど……お兄様は大丈夫なのかしら……）

必死で逃げ出し、タッドに助けを求めてここまで来たが、お金をかき集めると言った兄はどうなったのか。

考え込んで暗くなるハリエットに気付いたのか、膝の上でぎゅっと握られている彼女の手に、そっとサディアスが指を伸ばした。あっという間に握りしめられる。

「そう心配しなくても、君のお兄さんと借金については俺がなんとかするから」

「でも」

思わず言いかけて顔を上げたハリエットは、不意に心臓がどくりと不規則な鼓動を刻むのを聞いた。

信じられないくらい冷たい、サディアスの横顔がある。

そう、社交界でよく見た彼の表情。だがそれは、ふっと視線がハリエットに向いた瞬間粉々に砕けて消えた。

「君は俺の奥さんとして楽しく暮らすことを考えてくれればいいよ。というわけで、お昼はこの近くの大きな湖で取ろうと思うんだけどいいかな？」

そっと囁いてハリエットの顔を覗き込んでくるサディアスに、再び鼓動が不規則になる。先ほどとは真逆の、不安とも恐怖とも違う鼓動の跳ね上がり。

思わず身を引くように、馬車の座面上を窓に向かってずれれば、片眉を上げたサディアスも距離を詰めてくる。

「……もしかして緊張してる？」

揶揄うように笑って告げる彼に、ハリエットは思わず声を張り上げた。

「そりゃそうよ！　昨日私が結婚した相手と百八十度違ってるんですもの！」

ハリエットの非難めいたセリフに、サディアスがこれ見よがしに溜息を吐いた。

「それは悪かったと思ってるよ。でも、ちょっと外見が変わっただけで他は何も変わってない。君と愛を交わしたのは最初から最後までこの俺だよ？」

そう言ってさらに彼女を抱き込むように身を寄せてくる。

「昨日の夜も、その前の昼も……図書館で出会ったのも全部俺だ」

彼の吐息が唇に触れ、ハリエットは喉の奥から「ひいええええ」という、おおよそ淑女にふさわしくない悲鳴が漏れた。

「そ、それ以上寄らないで！」

両手を顔の前に翳して、サディアスをブロックする。だが、彼はタッド青年だった時のようにつつましく距離を取る、という部分をあっさりと捨て去ったようで、馬車の座面と壁面に手を付いて腕の中にハリエットを囲ってしまう。

「どうして？　俺達は夫婦なのに」

「わ、私が結婚した相手はタッドなの！　タッドはこんな風に迫ったりしないわ」

目を逸らしたまま、苦し紛れにそう言うとサディアスが小さく笑った。

「あの時俺達は婚約者でもなく、普通の未婚の男女だった。人前で礼儀正しい距離を取るのは当然だ。でも今は夫婦だし何より馬車の中では二人きり。礼儀正しくする必要もない」

ますます距離を詰められ、ブロックするように前に出していた掌に口づけが落ちてくる。

「ひゃ」

驚いて手をひっこめようとするも、遅かった。そのまま身体に両腕を回されてぎゅっと抱き着かれる。ふわりと森の香りがして、ハリエットの心臓がどきりと高鳴った。

初めて会った時にも感じたこの香り。りんとして静謐な、物静かな青年に似合いの香りだと常々思っていた、インクと暖炉の焚火と森の香り。そしてその中に混じるエキゾチックな甘さ。

『あの時の彼』が脳裏によみがえり、ふっと身体から力が抜けた瞬間、あっという間に身を起こした彼の膝の上に抱え込まれてしまった。

「ちょっと⁉」

鋭い声を上げ、思わず胸元に手を付けば、悲しそうな声で「ハティ」と名前を呼ばれてしまう。

「君は俺の本質を見てくれた。俺の周りにいたどんな女性とも違った。その人と結婚できるなんて、これ以上ないほどの幸運なのに、君はそれを拒絶するのか？」

額に額を押し当てられて、懇願するような声音で言われるとハリエットは何も言えなくなる。

確かに……確かに、そっと額を離し、窺うようにこちらを見つめるサディアスには、社交界で彼を見た時に感じた、厭世感のようなものを感じない。

おずおず、とでもいうように微笑む口元が目に飛び込んできて、それがタッドと同じ微笑みだと気付いてしまう。

じっとこちらを見つめる金色の瞳。それが世の中を冷たく見下ろしていたのをハリエットは目撃した。でも今はただ、彼女を映して切なく、甘く、溶けて見える。

無意識に、ハリエットは溜息を零していた。

それからそっと手を伸ばし、少しひんやりするサディアスの頬に指先だけで触れる。

はっと彼が目を見張った。男性にしては長いまつげが微かに震えるのを見つめながら、ハリエットはゆっくりと口を開いた。

「私の知る、アッシュフォード公爵はどこか危険な雰囲気を持っていて、大勢の人に囲まれていて、世の中を冷たい目で見下ろしている人よ」

「……ああ」

かすれた声が相槌を打つ。

「そして」

ハリエットは言葉を切り、深く息を吸うとゆっくりと告げた。

「タッドは……物静かで温かみがあって、隣にいると心休まる穏やかな人だった。アッシュフォード公爵とは真逆の人だと思ってた」

視線を上げ、その新緑色の瞳に目の前にいる人物をまっすぐに映す。

「私の旦那様はそのどちらなのか……すぐには判断できない」

「……どちらも俺だよ?」

頬に触れるハリエットの手を取り、サディアスが指先に口づける。柔らかく温かい感触にまた心臓が跳ね上がるが、それを抑えるように彼女はお腹に力を入れた。

「わかってる。でも……私自身が納得できていないの」

サディアスに自分の純潔を奪ってほしいと申し出たのはハリエットの方だ。

彼がどんな世界に属する人間でも、タッドなら愛せるとそう思ったから、ダメもとで頼んだのだ。

でも彼は、「それならば結婚しよう」と言ってくれた。

嬉しかった。

その気持ちのどこにも嘘偽りはない。

そう信じた自分を……信じたいから。

「私はタッドと図書館で時間を重ねて、この人とならって思った。なら今度は、公爵閣下、あなたといて幸せになるか見極める時間が欲しいの」

サディアス・クローヴという人の本当の姿はどういうものなのか。

見上げるハリエットを、少し目を丸くしたサディアスが見下ろしている。それから彼は……ハリエットの目が眩むほどの甘く、溶けそうな笑顔を見せた。

「それで十分だよ、ハティ。俺が君を世界一幸せにしてあげるから」

タッドと同じ声でとんでもない宣言をされる。普段の彼女なら、胡散臭いセリフだと一刀両断しそうな内容だが、タッドから言われたと思うと信じたくなってしまう。

それではダメだ。見極めることにならない。

そう、自らを戒めようとして。

「まずは本当の俺を知って」

そう宣言した彼が、膝の上のハリエットにキスをする。

甘く触れる唇が、反射的に固く閉じてしまったハリエットの唇を優しく促し、開くようにと懇願する。根気よく、何度も斜交いにキスをされて、ハリエットはじわじわと身体の奥が熱くなり呼吸がしづらくなっていった。

彼の胸元に置いた手でシャツを握りしめ、震える吐息を漏らして口を開けば、すかさずサディアスの熱い舌が滑り込んでくる。

「んっ」

甘い声が漏れ、ぞくりと腰から首にかけて戦慄が走る。微かな震えに気付いた彼が、よりしっかりとハリエットの身体を抱き寄せて口づけを深めていく。

口腔（こうこう）内を熱く滑らかな舌がまさぐり、しびれるような快感が体中を巡り始め、ハリエットはたまらず自ら舌を絡めた。

「ハティ」

ほんの少し、唇を離してサディアスが甘い声で囁く。

「ハティ……」

ただ名前を呼ばれただけなのに、かすれた彼の声に心臓がきゅっと痛くなる。衝動が込み上げ、胸元で握りしめていた手を開くとそっと彼の背中に回してしがみ付いた。

その瞬間、彼からのキスが変わった。

優しく、触れてもいいかと問うような……自らをゆだねてほしいと願うようなそれから、飢えて求めるように深くなる。

舌先に口蓋をかすめられて甘いしびれがお腹の奥から湧き上がってくる。そのしびれが何なのか、追い求めるように夢中でキスを繰り返していると不意に馬車が止まった。

がくん、と揺れた車体に、ハリエットは我に返った。いつの間にかベンチに押し倒されている。

「旦那様、目的の場所に着きました」

御者のおずおずとした声が扉の向こうから聞こえ、ゆっくりとサディアスが顔を上げた。

「わかった」

ふっと金色の眼差しがハリエットの全身を滑り、鼓動が速度を上げる。ゆっくりと立ち上がった彼がハリエットの手を引き、身体を起こした彼女に軽くキスをした。

「残念」

くすりと微笑むサディアスに、かあっとハリエットの顔が赤く、熱くなる。

残念。

その言葉に隠された意味を語るように、サディアスの金色の瞳が炯々(けいけい)と輝いていて、ハリエットは間違うことなくその意味を掴んだ。

このまま身体を重ねたかったと、彼はそう言っているのだと。

(この男性(ヒト)は……厄介だわ)

きゅっと唇を引き結び、顎を上げたハリエットはどうにか気を引き締めようとした。

心臓はまだ早駆けをしているし、馬車を降りて手を差し伸べるサディアスの笑顔がきらきらと眩(まぶ)しく見えるし、頬はいまだ熱いままだけど、彼の魅力に屈してはいけない。

(いえ……屈してもいいんだけど……ただ……)

彼が何を考えているのか、やっぱり少しわからないから。

物静かで穏やかに話すタッドと、社交界の人気者で常に世間を斜めに見下ろしていたサディアスのそのどちらが彼の本質なのか。納得がいかないままではいられない。

今のところ、彼からのキスには初々しさの欠片もなく、手馴れている印象の方が大きい。

ただ。

「湖岸の宿には食堂が併設されているところが多い。観光で訪れる人も大勢いるからね。そこで昼食を詰めてもらって岸まで行ってみようか？」

きゅっと手を握りしめて歩き出すサディアスは、涼しい空気の中、顎を上げて眩しそうに青空を眺めている。社交界にいる時とは全く違う、ただのシャツに上着、ズボンというラフすぎる格好で気持ちよさそうに目を細める姿は、とてもくつろいで見えた。

図書館で過ごしたタッドの、あまり目を合わせず、一定の距離を取って穏やかに座っていた姿とも違う。

（本当の自分と……彼は言っていたケド……）

サディアスかタッドか。もしかしたらそのどちらでもないのではないだろうか、とそんなことを考えながらハリエットは彼について歩いていく。

そうして、バスケットいっぱいの昼食と飲み物の瓶を手に、湖畔の草むらに毛布を広げた際、有無を言わさずサディアスの膝の上に座らされ、散々抵抗したにもかかわらず彼の手からサンドイッチやらパイやら冷製肉やらチーズやらを食べさせられて、これだけは確信した。

今、にこにこ笑っている彼は間違いなく、この状況を『楽しんでいる』と。

湖畔での楽しい昼食の間中、ハリエットはサディアスの膝の上で鯱張(しゃちほこば)っていた。その彼女をどうにかしてリラックスさせたくて、彼はまるで何でもないように、この間図書館で会った時に話した内容を振ってみた。

途端、彼女はぱっと目を輝かせて、あの小説の主人公は絶対にヒロインの秘密に気付いている、と興奮気味に話しだしてくれた。

タッドとして接していた時よりも近い距離で、でもあの時と変わらない態度で接してくれるハリエットに、サディアスは本の作者に感謝したくなった。そして、改めて思う。

彼女が言ったように『本当の彼を見極める』というのはサディアス(自分)にも当てはまるなと。

彼女のことを色々と『知って』はいるが、知らないこともたくさんあると気付いたのだ。

まだ見たこともないハリエットの素顔。それを知っていくのはとても楽しそうだ。

昼食を終えて湖畔を離れ、二人を乗せた馬車は目的地に向かって走り出す。心地よい揺れに、いつの間にかハリエットは眠ってしまっている。

昨日からのごたごたで疲れていたのだろう。

そっと彼女を促し、自分の太ももを枕にするように、彼女の身をベンチの上に横たえる。

ハリエットの頬に人差し指の背中で柔らかく触れながら、サディアスは当面の問題をつらつらと考えていた。

と、不意に馬のいななきが響き、大きく馬車が揺れた。跳ね上がるようなそれに、慌ててハリエットを抱え込む。

「何？」

眠そうな声がし、瞬時にサディアスは頭を切り替えた。

（来たか）

すっと彼の金色の瞳が冷たくなる。だがそれは不安そうなハリエットに向けられた時には柔らかく溶けたようになった。

「多分ウサギか鹿だ。来た時も途中で何回か馬車の前を横切ってたろ？」

思い当たることがあり、ああ、とハリエットが短く呟く。

「猟銃が積んであるから、道を塞いでるようなら追い払ってくる。君は寝てていいよ」

そっと身を屈めて優しく額に口づけると、半分夢の中にいるハリエットは大人しく頷いた。眠りを促すように彼女の瞼に掌を当て、それからサディアスは名残惜しそうに馬車から降りた。

「旦那様」

正面を見据えたまま、座る御者が強張った声で告げる。

「ああ」

それに軽く答え、サディアスは視線を街道の先に向けると呆れたように呟いた。

「おやまぁ、これはなんとも……」

視線の先にいたのは、顔の半分を布で覆い、よれよれの帽子や上着を着た、典型的なゴロツキ達が十数名立っていた。彼らは道を塞ぐように並び、手にはナイフや拳銃を持っている。

ざっと彼らを見渡した後、サディアスはこれ見よがしに溜息を吐いた。

「ガラの悪いのが徒党を組んで……我々に何の用かな？」

ぶらぶらと投げやりな様子で歩き、馬車の前に立つ。そんなサディアスに、ゴロツキの親玉と思(おぼ)しき、くしゃくしゃの金髪にひげ面の男が声を荒らげた。

「オメェが高潔な旦那から女を寝取ったとんでもねぇ下種(げす)野郎だな？」

「違うな」

腕を組み、片足に重心を乗せて連中を見下しながら、さらりと答える。

「逆だよ。君達の『高潔な旦那様』とやらが、俺の花嫁に手を出そうとした」

途端、その場にいた全員が下卑た笑い声を上げる。

「おやおや、そんなことを言っていいのかい、にいちゃんよぉ。まるで俺達の旦那が悪いような言い分じゃねぇか」

「その通りだからそう言ったまでだ」

「調子に乗ってんじゃねぇぞゴラァァァ」

他の一人が血気盛んに声を上げる。それに、すっとサディアスが視線を向けた。

ゴロツキどもが気圧（けお）されるような凍れる一瞥だ。

「誰が調子に乗ってるって？」

低く、だが身体を震わせるような一言。平民のようなシャツにベスト、ズボンという身なりの男が、急に大きく見えて、視線を向けられた男が思わず一歩後退（あとずさ）る。

「テメェが何を言おうと、この際どうでもいいんだよ」

気圧された空気を振り払うように親玉が声を上げる。サディアスの視線が、連中の中央に立ち、ライフルを背に担ぐ親玉に向いた。

「俺たちゃ、旦那から女を取り返してくるよう、頼まれてんだ。大人しく女を――」

「その君達の旦那とやらはロバート・シェイタナか？」

不意に、彼らの口上をさえぎってサディアスが尋ねる。

「ああ？」

手入れのされていない、伸び放題の眉毛を寄せ、意味がわからないとしかめ面をする親玉にサディアスが冷たい声で根気よく尋ねる。

「ボスだよ。君達のボス。雇い主ではなく……ってその様子だと違うみたいだな」

ぴん、とその場の空気が張り詰めた。その様子を睥睨し、腕を組んだまま、サディアスがうっすらと微笑んだ。

「なるほど……よくわかった。君達はボスの目を盗んで勝手に仕事を請け負ったというわけか」

「あぁ？　なんだと⁉」

「さて、どこの組織かな……白き虎（パール）か……蒼天竜（サファイア）か……はたまた珠玉（クォーツ）……」

「知ったような口利いてんじゃねぇぞゴラァァア！」

切羽詰まったように一人が叫び、ナイフを構えて突進してくる。

「よせ！」

親玉が声を上げた瞬間、その突進した一人が綺麗に吹っ飛んだ。

「……え？」

そのまま、横並びに道を塞いでいた仲間二人にぶち当たり、三人がもんどりうって地面に転がる。

「なるほど、珠玉（クォーツ）の連中か」

やれやれ、と溜息を吐きながら、強烈な蹴りによる一撃を繰り出したサディアスがゆっくりと脚を下ろす。

「可及的速やかに、手を回したはずだったが……ま、元から君達のような連中がいたらそれも無意味ということか。あれだろう？　ボスに上前を跳ねられるのが嫌で、徒党を組んでこっそり仕事をしてるんだろ？」

図星だったらしい。親玉と思われる男が、歯の欠けたゆがんだ笑みをその顔に張り付けた。

「だったら何だってんだ、にいちゃん。ちったぁ、詳しいようだがこの人数に一人で勝てると思ってんなら、とんでもねぇ、馬鹿野郎だなぁあ！」

吠え声のようなそれを合図に、一斉にごろつきたちがサディアスに向かってくる。親玉は担いでいたライフルを構え、各々がナイフやら拳銃やらを懐から抜く。

いきり立ち、暴力に興奮し、これから起きる血の雨に酔いしれているゴロツキ達はしかし、無駄な動作が多かった。威嚇を目的とした行動しかとったことが無いのだろう。

喚き、武器を振り回し、冷静さの欠片もなく唾を飛ばして暴れる連中と、サディアスは全く違った。

彼は一切の無駄な動作を嫌い、いっそ優雅ささえ感じさせる動作でおもむろにベストの内ポケットから拳銃を取り出すと、無造作に撃った。

消音装置による、音のない攻撃が三発。

途端、掴みかかろうとしていたゴロツキどもがつんのめって転がり、うめき声がった。

「え？」

ぎょっとして倒れ込む仲間に全員の視線が向く。その一瞬をサディアスは見逃さない。

「馬鹿はお前どもだ」

「!?」

これから殺ろうとする相手から目を離すなんて。

そのことに相手が気付いた時には遅い。

正面にいたサディアスから腹部に強烈な膝蹴りをお見舞いされた一人が頽(くずお)れ、そいつを再度蹴りつけて吹っ飛ばす。

飛んだ先にいたもう一人とぶつかって、明後日の方向に拳銃を打ちながら後ろにひっくり返った。

「な」

「それ、至近距離でも使えると思ったのか?」

「ひっ」

一瞬の出来事に目を疑う親玉の目の前に素早く移動し、慌てて構えるライフルの銃身を握る。そのまま手首を返すようにして捻(ひね)れば、あっという間に親玉がライフルから手を離した。構わず、銃座を親玉のみぞおちに叩(たた)き込(こ)み、短いうめき声をあげてたたらを踏んだ奴に、サディアスは容赦なく発砲し膝を打ち抜いた。

残った連中はあっという間に倒された六名を前に、武器を手にしたまま呆然(ぼうぜん)とその場に立ち尽くした。

はっきり言って愚の骨頂だ。

棒立ちの相手を撃っても何も面白くない、と表情一つ変えずに、彼は残弾の三発を放ち、連中の肘や肩、太ももを撃って戦意を喪失させた。

残った三名がようやく敵(かな)いっこないと理解したのか、這う這うの体でその場から逃げ出していく。

たった一人で十五名を追いやったサディアスは息一つ乱さず、弾倉を外すと、空の薬莢(やっきょう)をその場に捨てた。それからゆっくりとポケットから取り出した弾を詰め始める。

痛みに呻く親玉が、脂汗の浮いた顔でサディアスを見上げた。

怜悧な白皙の横顔と、王者のような金色の瞳。それが夏の森の空気を冬のそれへと変貌させている。

感情に反してがたがたと震えだす親玉をちらりと一瞥し、サディアスががしゃん、と弾倉を戻した。

「さて、さっきの質問の続きだけど……。君達のボスは珠玉のカササギであってるかな？」

コードネームを尋ねられて、親玉が大きく震える。図星か、と片眉を上げサディアスは薄く、触れれば切れそうな笑みを口元にたたえた。

「ではカササギに連絡しないと。統率が取れていない組織のリーダーほど見苦しいものはないとね」

その言葉に、一瞬で親玉の顔色が変わった。青を通り越して白くなる表情を金色の瞳に映した後、サディアスは踵を返した。

「それが嫌なら、さっさと王都に戻って『雇い主』のシェイタナに伝えるんだな。この件から手を引けと」

馬車のステップに足をかけ振り返った彼は誰もが見惚れるような……なのに背筋がぞっと凍り付くような凄まじい笑みを見せた。

「そうすればこの一件はなかったことにしてあげるよ」

自ら扉を開けて馬車に乗り込み、サディアスはそっと座席に腰を下ろした。

よっぽど疲れていたのか眠りが深いハリエットは、彼が馬車から降りた時と変わらぬ姿ですやすやと寝息を立てていた。連中の銃声も鹿を追い払ったライフルだと思ってくれたのだろう。

安心しきったその様子が嬉しくて、彼はそっと彼女の頭を持ち上げると自らの太ももの上に下ろす。

やがて馬車が走り出し、何事もなかったかのように先ほど中断された穏やかさが戻ってきた。

だが、サディアスの脳内は目まぐるしく今後のことを計算し始めていた。

シェイタナが何を企んでいようが、この自分がそれを打ち壊す自信がある。もちろん、ハリエットには指一本触れさせない。

不意に、それだけのために、自らの地位を固めたのではないだろうかとサディアスは胸の奥が熱くなる気がした。

（たんなる気まぐれの偶然だったが……そうではなく運命だったのかもしれない）

視線を落としてハリエットを見れば、彼女の結い上げた髪が少し乱れて頬にかかっている。一房持ち上げ、その麦藁色に口づけながら、サディアスは幸せそうに溜息を吐いた。

自分が世界に退屈し、興味本位で覗いた『裏社会』を壊滅寸前まで追い込んだのも、巡り巡って意味があったのだなと心から思いながら。

3. わけありプロポーズ

サディアスがタッドとして図書館に通いだしたのは、一年ほど前からだ。

公爵であり、更には国王陛下の孫というブランドと付き合うこと二十七年。サディアスの周りには彼のご機嫌を伺い、甘い汁を吸おうと仮面の笑顔を張り付けた存在しかいなくなった。

自分の発言に首を縦に振る人形ばかりの社交界に、すっかりサディアスは辟易(へきえき)し、それでも、そのブランドを護ることも彼に定められた使命であるため、我慢の日々を強いられていた。

適当に、それでも感じよく。人気者の公爵様という立場を作り上げる。その反動で溜まっていく閉塞感を癒(いや)すように、彼は自分が「面白そうだ」と感じたものに次から次へと手を出した。

新しい事業を立ち上げたり、出資したり投資したり。

社交界の怪しい噂(うわさ)を聞いてその出所を探って、密輸や密売の世界を覗いたり。

賭け事の仕組みを掴んだあと、彼は裏社会を牛耳っている組織が三つあることに気が付いた。

白き虎(パール)、蒼天竜(サファイア)、珠玉(クォーツ)と呼ばれる組織だ。

人身売買から幻覚剤の取引、たばこや酒の違法販売に暗殺稼業。

それらを余すことなく眺めたサディアスが採ったのは、三つの組織を潰すことだった。

別に正義感に駆られたわけではない。

ただ単に三つの組織が互いに牽制しあい、その中で絶妙にバランスを取り合い、暴力と圧力で利益を得ている様子に興味がわいたのだ。

まず彼らの主要な収入源である密輸、密売のルートを封鎖し、一つの組織が利益を独占しようとしているという偽の情報を流した。

たったそれだけで三つの組織は大混乱に陥った。

一触即発。疑心暗鬼が頂点に達した時に、彼は組織のボスたちに手紙を出した。

内容は敵対勢力が武器弾薬を集めているというもの。その瞬間、大抗争が勃発した。

それを片っ端から叩いて回ったのがサディアスである。

彼はたったの数か月で三組織に「恐怖の存在」として認知され、日向でも日蔭でも不動の地位を築くことに成功した。

ただサディアスとしてはそれを「望んでいた」わけではなく、あくまで蜂の巣をつついたらどうなるのか、という実証実験をしたかっただけで、連中からの「畏怖」はおまけのようなものだった。

再び、次の興味あるものを探す間、彼はふらりと王立図書館に立ち寄った。血なまぐさい喧噪に満ちた世界と距離を置きたかった、というのもある。

知り合いに会うと面倒で、適当な変装をして通った静寂が支配する世界。

そこで出会ったのがハリエットだった。

適当に手に取った本を読み漁っていたのだが、そろそろ飽きてきたなというところで、彼は偶然ハリエットと同じ本に目を止めた。借りる人間が極端に少ない哲学書である。

これを読む人がいるのかと、彼女に興味がわき、話してみると自分に群がる女性達の誰とも違っていた。

物静かでおどおどしているわけでもなければ、自分の魅力を理解して堂々と振舞うわけでもない。

彼女は騙されやすい兄を護るために、自らが強くなろうと行動を起こす人だった。他人にすり寄り、努力もなく甘い汁を吸おうとする連中を嫌い、彼らと百八十度違った生き方をよしとしていた。

ハリエットと話していると、自分の意見を肯定してくれるのはもちろん、否定も笑いもしてくれる。真剣にサディアスの話を聞いてくれるのだ。

自分が彼女を騙しているという自覚はあった。

彼女が、社交界の取り巻き連中に不信感しか抱いてないことも、そして、その中にいる「アッシュフォード公爵」にいい感情を持っていないことも知っていた。

それでも彼女から寄せられる気安さと信頼が捨てられず、ずるずると「タッド」のまま付き合ってしまった。できればずっとこうしていられたらと、サディアスは初めて思った。

そう、永続的な興味を彼女には感じたのである。

そんな日々の中、転機が唐突に訪れた。それを逃すほど、サディアスは馬鹿ではなかったのである。

「ほ……本当に公爵なのね……」

「何をいまさら」

イーヴァスから二人が戻ったのは王都の街屋敷（タウンハウス）ではなくアッシュフォードの公爵領にあるクローヴ館（ホール）だった。

夕景の中に浮かぶ巨大な屋敷の、そのすべての窓に明かりが灯っている。二人の乗る馬車は、正面玄関へと続くアプローチをゆっくりと進み、窓から外の様子を眺めていたハリエットは震えた。

この屋敷に主が……しかも新しい奥様を連れて戻ってくる、というのは使用人達にとって唐突な出来事だったはずだ。

それこそ、昨日の夜に通達がきたのだろう。

それに即応できる使用人（彼ら）のスキルもさることながら、馬車の到着と同時に玄関前の車寄せに整列し、綺麗な所作でお辞儀をする執事や家政婦頭、末端のメイドや従僕まで徹底された礼儀作法に感心する。

これが……王室とも関わりのあるアッシュフォード公爵家の実態だ。

唯一彼らが人間らしい反応を示したのは、執事が押さえる正面玄関の扉から主のサディアスが中に入る際にハリエットをひょいっと抱き上げた時だった。

使用人達の間に流れる空気が驚きに満ちたものになる。もちろん、ハリエットも驚いた。

「タッド⁉」

「新婚の主が妻を抱いて屋敷の敷居をまたぐのは縁起がいいこととされている……って、どこかで読まなかった？」

にこにこしながら告げるサディアスに、ハリエットは口の端を下げた。

「それ、あなたが『どこが面白いのかわからない』って言ってた恋愛小説の一節じゃない」

「そうだった？　でもあれは物語として退屈だったけど、妙に細部の由来や時代背景が凝っていて、そこだけは評価できると思って読んだけどな」

「私はああいう部分は必要ないと思う。ちょっと取って付けたようだったし」

「馬鹿だなぁ。あれで主人公が頭のいいキャラクターだって表現したんじゃないか」

「それが不要だっていうの。わざわざあんなこと書いて――……って、そうじゃない！」

かあっと真っ赤になるハリエットを軽々と抱えたまま、サディアスは悠々と屋敷の中を歩いていく。

「もういいでしょう？　下ろしてください」

「でも下ろしたところで、君は自分の寝室がどこかわからないだろう？」

涼しい顔で答える彼に、ハリエットは閉口する。普通に案内してくれればいいのに、とそう思うが、言ったところで聞くような人にも思えない。

（タッドって結構そういうところもあったわね）

ふと彼が不思議なこだわりを持っていたのを思い出す。

普通は本棚から面白そうな本を取って読んでいくのに、ある日彼は、棚にある本を左上から右下まで順番に読んでいくと宣言し実行していた。途中死ぬほど面白くない、とこぼしていたこともあって、やめたらどうかと提案したが彼は見事に読み切っていた。

自分で決めたことはやり通す気概のある人なんだなと、妙に感慨深く思ったくらいだ。

そんな人間に真正面からやめてほしいといったところで止まるとも思えない。

こちらを窺うような視線を感じたので、溜息を呑み込んで見上げれば、どこかうっとりしたような金色の瞳に遭遇して頬まで真っ赤になった。

思わず顔を背けて彼の胸元に埋める。

（ううう……そんな表情、したことなかったじゃないッ）

アッシュフォード公爵として社交界にいた時も、タッドとして一定の距離を置いてハリエットの傍にいた時も、こんな風な眼差しで誰かを見つめることなんかなかったというのに。

どうしてなのだろうか。

いやまあ、確かに自分はタッドと一緒にいて『彼となら結婚しても大丈夫』と思ったのは事実だ。

結婚とは互いが同じ気持ちでいないといけないとそう思う。その理論からいけば。

（……彼にとって私も同じだったたってこと……？）

再びこっそりと見上げれば、前を向く彼の整った顔が見えてどきりとした。

タッドの時のくしゃくしゃな黒髪とそこから覗く頬と顎。その輪郭も、思い返せば随分整っていたとそう思う。だがハリエットにとってそれはさほど重要なことではなかった。

彼女が好きだったのは彼の人柄や、彼と話す時間の方だったから。

でもこれからはどうだろうか。

(私は彼の外見が好きになったんじゃない……これからサディアスとして彼を知っていく中で外見は条件に入らない……でも……)

不意に怖くなる。

彼はアッシュフォード公爵なのだ。

彼にとっての社交界は変わらないし、むしろその妻となったハリエットが、彼が関わる社交界に飛び込んでいかなければいけない。

今までのようにティターニア(友人)に頼んでダンスをすべて断るなんて真似は通用しないだろう。

すっと、お腹の奥が凍り付く。それと同時に彼女は気付いてしまった。

「ねえ」

器用に片手で扉を開け、寝室の中に踏み込むサディアスに、硬い声で呼びかける。

彼女はどうしたのかと、そう問おうとして。

きらびやかな光に満ちた寝室の様子に、続く言葉のすべてを奪われてしまった。

「気に入ってくれると嬉しいんだけど」

抱えられたまま移動するハリエットは、広々とした室内を照らす巨大なシャンデリアと、あちこちに置かれた燭台に目を丸くする。

白い壁に、落ち着いた暗い赤で統一された室内には、暗紅色のソファや飴色(あめいろ)の机や引き出しが配置されている。

それが、金色に揺れるシャンデリアに照らされてきらきらと輝いて見えた。

天蓋(てんがい)付きのベッドへ座るように下ろされて、ハリエットはふかふかの敷布の上で溜息を吐いた。

こんなに豪華で艶やかな部屋など、実家の伯爵家にはない。

「ここが君の寝室」

ベッドの脇に立ち、そっと身を屈めたサディアスが額にキスを落とす。

「そこの扉の先が洗面所とバスルームで、その奥が俺の部屋」

彼が指し示すのは、ベッドにほど近い位置にある扉だ。

大抵の貴族は夫婦別々の寝室を持っている。その二つを内側の扉が繋いでいるのはよくあることだが、ハリエットはそれでもほっとしてしまった。

「俺の方は鍵をかけてはおかないから」

その気持ちが顔に現れていたらしい。くすりと笑いながら宣言されて、思わず唇を引き結ぶ。少し頬を赤らめて睨み付ければ、更に彼は破顔した。どうでもいいが威力がすごい。

「君は鍵をかけてもいいけど」

言って、彼は尖った彼女の唇にちゅっとキスを落とす。

「すぐに開けられても文句は言わないでね」

にこにこ笑いながら告げられた物騒な台詞に、ハリエットはぐっと胸を張ると不敵に見えるように微笑んで見せた。

「そうやって、公爵閣下は愛人宅に忍んで行ったのかしら？」

アッシュフォード公爵の噂をもとにそうあてこすれば、少し目を見張ったサディアスが、座るハリエットの腰を挟むように、両手をベッドに付いた。下から覗き込むように顔を近寄せる。

「そんなことはしない。向こうが勝手に開けて待ってるから、堂々と入っていくだけだ」

（この人は〜〜〜〜）

頭痛を堪えるように額に手を当てる。その手の甲に再びキスを落とされ、目を上げれば、身体を離したサディアスが笑いながら告げた。

「夕食は八時からだから。着替えはそこのクローゼットに用意してある」

この短時間に？　と驚いて目を見張れば立ち上がったサディアスがおかしそうに微笑んだ。

「どうしてドレスを用意できたのか、ていう顔だね。昨日、君を助けにいく際に用意させたんだ」

たった一昼夜でドレスを用意したのか。

驚くハリエットに、サディアスの笑顔が少し曇る。

「ただ、既製品ばかりだから……後で俺からきちんとフルオーダーした物を贈るよ」

「そんなことは」

「しなくていい、なんて言わないで。君は俺の奥さんなんだから」

それじゃあ、またあとで。

言いながら部屋を出ていくサディアスの背中を、ハリエットは思わず半眼で睨んでしまう。それから心のうちに溜まっているもやもやを吐き出す様に、ふーっと長い溜息を零した。

俺の奥さん。

(まあ……そうなんですけど……)

結局彼女について尋ねる暇がなかった。

婚約間近だと、そうティターニアが言っていたハーグレイブ伯爵令嬢。彼女のことを、サディアスはどう思っていたのか。

本当は彼女のように社交界を自由に楽しく泳げる令嬢が妻にふさわしいと思っていたのではないか。

それでもサディアスと最終的に結婚をしたのは自分で、これから先、彼と一緒に社交界に出ればまず間違いなくあの取り巻き連中とレディ・ハーグレイブに接近遭遇するに決まっている。

頭の痛い問題だが、こればかりは逃げ回ってどうにかできるものでもない。

(ま……それもその時考えればいいわ)

二人の結婚は明日の新聞に載るだろう。だが、それを目にする人間は少ないはずだ。

夏の社交界はそれほど盛り上がらない。暑すぎる王都を離れて、ほとんどが領地に帰ってしまうからだ。

加えてハリエットはあの男から逃げている最中だ。そう直ぐに王都に戻る気もない。

その事実にふと背筋がぞくりと震える。

サディアスは「君のお兄さんの借金については俺がなんとかするから」とそう言ってくれた。

もしそれが、アッシュフォード公爵家がリズヴォード伯爵の借金を肩代わりすることを指しているのなら、ハリエットは断固阻止しなければいけない。

何故なら、兄は恐らく嵌められて借金を背負ったのだとそう思うから。

（とにかく、兄がどうなったのか確認しなくちゃ）

勢いよくベッドから下り、ハリエットはクローゼットを開ける。

買ってきたとはいえ、たった一昼夜で集められる衣類にも限りがあるだろうと、ハリエットは考えていた。

そのため、中に吊るされていたドレスや、棚に置かれた宝飾品、化粧品の膨大な数に息を呑み目を丸くし口をぽかんと開けてしまった。

「こ……こんなに？」

背中を流れる冷や汗に、ハリエットはもしかして自分はトンデモナイ人に結婚を申し込んでしまったのではないだろうかと、今更ながらに思ってしまうのであった。

既製品とはいえ、彼女のことを考えて、細かく指示を出して買い揃えたドレスだ。似合わないわけがない。

食堂に現れた妻を前に、席から立ち上がったサディアスは満足そうに微笑む。

しばらく滞在していなかった領地の食堂だが、塵一つなく掃き清められ、壁やテーブルで輝く燭台や、食器類の銀には一点の曇りもない。

きらきらと光りが零れる食堂をゆっくりと歩き、主であるサディアスの斜め前に腰を下ろしたハリエットに自然と視線が向く。

彼女はやや赤みがかった麦藁色の髪を結い上げ、瞳と同じ、明るい黄緑色の宝石が散りばめられた銀色の髪飾りをつけている。濃いブルーのドレスには髪飾りと同じ銀の刺繍が施され、腰のサッシュは黒。シンプルですっきりとした装いはハリエットの伸びた背筋と綺麗な所作によく似合っていた。

首筋に柔らかく零れる彼女の髪を見つめながら、腰を下ろしたサディアスは、行儀悪くテーブルに肘を付く。指の背に顎を乗せて鑑賞するように見つめていると、居心地悪そうに身じろいだハリエットがぐいっと顎を上げた。

「公爵様がそんな風にお行儀悪い恰好で、しかもご婦人をじろじろ見ていいのでしょうか？」

たしなめる内容の言葉だが、口調には揶揄うような響きが混じっている。

小さく笑って、サディアスはグラスを取り上げた。

「もちろん、いいに決まっている。君は『わたし』の奥様でここには二人しかいないんだから」

改まってそう告げると、同じようにワインの注がれたグラスを持ち上げたハリエットが、おかしそうに笑った。

仕方ないわね、と新緑色の瞳が告げていて、サディアスの心が浮き立つ。こんな風に、四六時中ハリエットと一緒にいられるなんて……夢のようだ。

かちん、とグラスを合わせて二人だけの晩餐会が始まる。

これから先、ずっと続く時間だと思うと胸が熱くなる。

新たに公爵家に名を連ねることになったハリエットのために、料理人は随分と腕を振るったらしい。そら豆とコンソメのスープに始まり、白身魚のフリットとメインには子羊のロースト。デザートには桃のシャーベットが出てきた。

だがサディアスはどんな料理が出てきたのかあまりよく覚えていなかった。というのも、美味しそうに食べる妻に視線を奪われてしまい、自分の料理にあまり集中できなかったのだ。

一緒に昼食を取っていた時、彼女は気にするでもなくぱくぱくとサンドイッチを頬張っていた。だが今日の晩餐会ではきちんとした作法に乗っ取り、綺麗に食事をしている。

飾らない中にも礼儀をわきまえる姿に、彼はますますハリエットのことが好きになっていった。

「タッド。そんな風に見られると食べにくいんだけど」

シャーベットを銀のスプーンですくって口にするハリエットが苦々しい口調で訴える。それに、彼はちょっと目を見張ると微笑んだ。

「そう？　美味しそうに食べるなぁ、と思って感動してただけだけど」

何の気負いもなく告げれば、ハリエットが呆れたように目を回した。

「あなた、毎晩のように豪華な晩餐会やパーティに出かけてるじゃない」

「あそこにいる連中は、ひたすら酒を飲んでるかちょっとだけ食べて下げさせるかの二種類しかいないよ」

極端な物言いだが、あながち間違いでもない。特に、サディアスに下心がある令嬢や貴婦人達は、小鳥の食事くらいの量が良いと本気で思っている節がある。

だがサディアスとしてはしょっちゅう貧血で倒れる女性よりも、出されたものはきちんと食べてくれる女性の方が好みだ。

「君はそのどちらにも当てはまらなくて嬉しいよ」

素直にそう告げれば、頬を赤くしたハリエットが渋面でサディアスを睨む。

「悪かったわね。おかげでウエストが細すぎるはやりのドレスが着られなくて、結局仕立て屋に注文することになって、お兄様から文句が……」

そこで不意にハリエットが言葉を切った。改まったように背筋を正す。

「そう、お兄様よ。タッド、兄は大丈夫だとそう言っていたケド……もし、うちの借金をすべて公爵家が肩代わりするというのならお断りするわ」

スプーンを置き、彼女が身を乗り出す。

「私、きっとタッドが公爵様だと知っていたら結婚を申し込んだりしなかった。だってそれってまるで……うちの借金をどうにかしてもらうために、あなたに『純潔を貰(もら)ってくれ』って提案したようなものじゃない」

ぎゅっと眉間に皺を寄せる。苦しそうに歪(ゆが)む彼女の表情に、微かに眉を上げた後、サディアスはふわりと微笑んだ。

「そんなこと気にしなくていいよ」

「気にするわ。大問題よ」

「実際は違うんだからいいじゃないか。君は俺がアッシュフォード公爵だと知らなかった。単なる平民の青年だと思っていた。それでもいいと……いや、違うか。君は身分なんか関係なく、『俺がいい』とそう思ったから提案してくれたんだろう？」

静かに告げれば、大きく目を見張った彼女が、頬を染めたまま一つ頷いた。

おそらく、あの時のことを思い出しているのだろう。

ほんの数日前なのに、随分と遠く感じるあの日。

晴天の霹靂(へきれき)とは、まさにあの瞬間のことを言うのだと、サディアスは苦笑しながら思い出した。

「タッド……お願いがあるんだけど」

王立図書館が開館して、まだ一時間も経っていない。

図書館に来る日は朝一から滞在すると決めていたサディアスは、本棚の前で袖を引かれ、振り返った先にいたハリエットの、青ざめて切羽詰まった様子に息を呑んだ。

「どうかした？」

なにか良くないことが起きたのだろうか。

思わず身構えるタッドの袖を掴んだまま、ハリエットが無言で歩き出す。その手を取って腕に絡め、どこか静かに話せる場所を探し出し、二人はいつもの中庭のベンチに腰を下ろした。

「それで？　お願いって何？」

彼女を座らせ、人ひとり分、間をあけて隣に座る。恐る恐る尋ねると、ややしばらく彼女はうつむいたまま黙っていた。

二人の間を、緑の香りが強い、真夏の空気が埋めていく。木の葉が強烈な日差しを遮り、やや涼しい風が、彼女の被るボンネットの縁をかすめて揺らした。

彼女が口を開くまで何も言わないと決めたサディアスは、日差しにちらちらと輝く銀色の葉裏を眺めていた。

「あのね」

長い沈黙の後、意を決したハリエットが、かすれた声で一気に告げた。

「タッドに私の純潔を貰ってほしいのッ」

囁かれた、でも強い意志の滲むその言葉に、サディアスはぎょっとして彼女を振り返った。

「……え？」

一瞬、何を言われたのかわからずに混乱する。

だが、彼の明晰な頭脳は言葉の意味を瞬時に理解した。そして、妙なことが起こった。

頬が熱くなり、身体の奥が震え、心臓が急に早駆けを始めたのだ。

「あの……ハティ？」

見れば、ハリエットも耳まで真っ赤になり、スカートの太もも辺りをぎゅっと握りしめてうつ向いている。微かに震える彼女の手を見て、サディアスは悟った。

(本気だ……)

途端、全身を貫くような衝撃が走った。

純潔を貰ってくれ、という発言を、実はサディアスは何度か言われたことがある。

それは大勢がきらびやかなドレスで踊るワルツの最中に。それは晩餐会の後の夜の庭で。

彼女達は上目遣いで、あるいは潤んだ瞳を向けてサディアスに訴えた。

愛しているからどうか……と。

その度にサディアスはうんざりしながらも丁重にお断りをした。

ハウスパーティやなにかで強引にサディアスの部屋に押し入ってこようとする令嬢もいたが、彼女たちの夢を打ち砕くために先回りをして愛人とベッドにいたこともある。

純潔を貰ってほしい、なんて台詞は小賢しい人間が使うありふれたものだと勝手に思っていたのだが、目の前にいるハリエットの唇から零れた瞬間、その意味合いは百八十度違ったものになった。

「………待って、ハリエット」

動揺を押し隠すようにしばらく沈黙した後、恐る恐るサディアスが切り出す。

「急にどうしたの？　何かあった？」

もちろん何かあったに決まっている。

そうでなければハリエットが頭の軽いご令嬢達と同じようなことを言ったりしない。

組織のボスを目の前にし、一歩間違えば銃撃戦か、という場面でもこれほどの緊張感はなかった。

早駆けする心臓をどうにかなだめつつ、そっと彼女を見つめれば、顔を上げたハリエットの目尻からぽろりと銀色の雫が零れるのが見えた。

再びサディアスの思考が停止する。

「突然こんなことを言って、本当に……あ、頭がどうかしてるんじゃないかってそう思うかもしれないけど……でもあの……め、迷惑はかけないから……」

思い切って持ち上げたようなハリエットの視線は、言葉が続けば続くほど下がっていく。首筋まで真っ赤になる彼女のただならぬ様子に、サディアスはゆっくりと息を吐いた。

「迷惑だなんて思ってないよ。むしろ……光栄だ……」

語尾が震えてしまった。

これでは何も知らない童子のようではないか。だが、ハリエットに触れることを考えただけで頭の中が真っ白になるから、これはもう、その通りだといってもいいかもしれない。

「でも……なんで？　俺と……」

結婚したいの？　という言葉が喉につかえる。それがハリエットにもわかったらしい。

「違うの、結婚は考えてないの。ただ………」

下を向いたまま口ごもる。

本当に何か、とんでもなく込み入った事情があるのだと、サディアスは気付いた。

それと同時に、彼女の『純潔を貰ってくれ』という発言が『助けてほしい』という意味合いを含んでいるのだということにも。

ぐっと腹部に力を入れ、サディアスはどんな事情があっても必ずハリエットを助けると、瞬時に頭を切り替えた。じわじわと冷静さが戻ってきて、頭の一角が冴え冴え（さざ）としてくる。

「何があったの？」

先ほどよりもずっと、しっかりした声が出た。顔を上げるハリエットの新緑色の瞳は今にも砕けそうで、胸が痛む。その不安を取り除くべく、サディアスは微笑みながらゆっくりと告げた。

「俺に話して。きっと解決してあげるから」

サディアスに促されて、ハリエットは覚悟を決めると、事の起こりは兄であるリズヴォード伯爵、コリン・フォルトがそのお人好しを発揮させたことだと話した。

コリンの友人（怪しいものだが）の事業が失敗し、彼は多額の負債を背負うことになった。それを一括で返済するために、愚かにも賭博場へと通い始めたのだ。

だが、そう簡単に金を稼げるはずもない。

むしろ増えていく借金に、その友人とやらは死を覚悟するほどだった。

「その時に……兄が妙に強運だという話を聞いたらしいの」

落ち着きを取り戻したハリエットは唇を噛んでゆっくりと告げた。

確かに兄は強運だ。

どんなに怪しい事業でも、投資をしている間はどういうわけか儲かっていた。だがハリエットがその怪しさに気付いて手を引かせると、一週間と経たずに投資先が倒産する。たまに誘われてカードゲームなんかの類をやっても負けたことは一度もない。

強いわけではない。捨てられた札を計算し相手の手札を読む、なんて芸当ができるわけでもない。

ただただ、運がいいとしか言いようがないのだ。

「兄は友人から借金返済を手伝ってほしい、と言われて賭場に通い、見事負債を返済するだけの勝ちを得た。でもそれだけでは終わらなかったの」

一人でそれほどまでに稼げるとなると、支配人が興味を持って出てくるに決まっている。

そう、不正を疑われたのだ。

「兄はビップルームに連れていかれて一勝負することになった。本当にカードに強いのか、それとも何かいかさまがあったのか確認するために。そこで兄は五回勝負を行って、そのすべてに勝った。これは本物だと誰もが思った時、その場にいた一人が手を上げた。それが……ロバート・シェイタナだったの」

凄腕（すごうで）の実業家で、いくつもの事業主である彼は兄に勝てるのは自分しかいないようだと胸を張った。

確かに彼は強かった。その日、ビップルームで行われていたゲームでは負け知らずで、一人勝ちを攫っていた。

そして、一対一で行われたゲームで見事……リズヴォード伯爵に勝ったのだ。

「もともと兄は能天気でお人好しな所があって、シェイタナとの勝負でも最初は普通の一勝負くらいの掛け金だったようなの。でもその後、周囲にはやし立てられて何度か勝負をした。負け一辺倒ではなくて、勝ったり負けたりを繰り返した」

シェイタナはズルかった。

少額のなんでもない内容だった掛け金を言葉巧みに徐々に吊（つ）り上げていき、最終的には返済が不可能なくらいの大金を賭けさせた。そして兄は見事に負けてしまったのだ。

「うちは決して裕福な方ではないわ。生活だってどうにか貴族の体面を保てているくらいなの。お金のことは私達と領民の代表で決めることだってあれほど言ったのに……」

一晩で巨大な借金を作り上げることになった兄は、返済期限までにどうにかしてお金をかき集めようとしている。

それを帳消しにする案を、シェイタナが出してきたのは昨日の夜のことだった。

リズヴォード伯爵令嬢たる、ハリエット・フォルトとの結婚だ。

「私なんて十人並みの容姿だし、社交界で胸を張って歩く美人のご令嬢やご婦人とは全く違うわ。それにタッドも知ってると思うけど、私は兄にたかる連中は信用できないって思ってる」

今回の結婚提案も、きっと何か裏があるはず。

そうして考えられる、『ハリエットと結婚しようとする』理由の『裏』は多分、処女性ではないかと思い当たったのだ。

「私の価値ってそれくらいしかないと思うの。だから……それで……」

おそらくシェイタナとかいう男は、無類の処女好きなのだ。新雪を穢して喜ぶような変態なんじゃないかとそう思う。実際、そういう嗜好の人間がいると聞いているし。

論理的に冷静に。そのつもりで話していたが、自分がタッドに語る内容が内容なだけに急に羞恥心が込み上げてくる。

それでも顎を上げ、ぽかんと口を開けてこちらを見つめているタッドに、両手を組んで懇願した。

「タッドにならって……思ったの。それに、もし跡継ぎが必要で、貴族の血が欲しいというのなら、私の純潔が奪われていると知ったら子供を身ごもっているかいないのか、判断できるまで結婚は延期するはずよ」

他人の子供を育てたいと、そう思うような奴には見えない。捨て身な考えだがそれしかない。その間に、兄に借金返済を頑張ってもらうしかないのだ。

「だから……お願いっ」

ぎゅっと目を閉じて、突拍子もない提案だとわかっていながら、それでも訴える。

ざあっと、二人の間を葉擦れの音を立てながら生暖かい風が通り過ぎていく。

重い、夏の沈黙が二人の間に落ちた。

「……わかった」

不意に低い声が、静寂を打ち破って響いた。はっとして顔を上げれば、きゅっと唇を引き結んだタッドが勢いよく立ち上がるところだった。

ふと、すべてが眩むような夏の強烈な日差しの中、彼の姿がくっきりと浮かび上がった。

長い手足とバランスの整った体躯。いつもは隣に座っているか、少し後ろを歩いているかであまりよく見たことのない彼の姿が、不意に目の前に突き付けられたような気がしたのだ。

どきりと、鼓動が高鳴り、ハリエットは動揺した。

彼はわかったと言った。それはつまり……——。

「ハティ……いや、レディ・ハリエット・フォルト」

ぼんやりとこれからのことを考えていた彼女は、力強く、改まった声で言われて我に返る。

視線の先で、彼はハリエットの傍に近寄ると石畳の上に跪（ひざまず）いた。

そして、ぎょっとする彼女の左手を取り、シルクの手袋に包まれた薬指を親指で撫でると持ち上げ、ゆっくりと口づけた。

瞬間、ハリエットの心臓があり得ない速度で駆け出し、目の前の景色が急激に遠のいていく。だがその中でたった一つ、揺るがないタッドが先ほどよりももっとずっと……決意の滲んだ声で訴えた。

「どうか、わたしと結婚してください」

プロポーズの瞬間を思い出しながら、サディアスは出されたコーヒーを傾ける。

「シェイタナに一矢報いるために、俺にそんなことを申し出たんだとしても、結果として君は俺の妻になった。その妻を助けたいと願うのはそんなに悪いことかな？」

落ち着いた声でそう言えば、「そんなことはないわ」とハリエットが顔を上げた。

「でも……」

口ごもる彼女に苦笑し、彼はテーブルの上できゅっと握られている彼女の手にそっと触れた。柔らかく、温かな肌を自らの掌に閉じ込める。

「それにリズヴォード伯爵を助けて匿ってはいるが、借金返済は彼が自分で頑張っている」

さらりと告げると、ぱっとハリエットが顔を上げた。

「そうなの⁉」

「そうだよ」

よかった、と彼女が口の中でつぶやく。だが根本的に解決していないので全くよくない。それに気付いたのか、ハリエットが思いっ切りしかめっ面をした。

「屋敷の皆は大丈夫かしら……」

ハリエットはもちろん、主であるコリンまで行方不明なのだ。だがその点も心配はいらなかった。

「ちゃんと向こうの執事には事情を説明してある。誰が尋ねてきても知らぬ存ぜぬで通せともね。ただ、シェイタナの件は解決しているわけじゃないから、君は少し窮屈だろうけどここにいて。まあ、明日には新聞に俺との結婚が載るから、あの男もどうすることもできないだろうしね」

——誰もあのアッシュフォード公爵に逆らおうなどと考えるはずもない……。

そのことに思い至ったのか、複雑な顔でハリエットが一つ頷いた。それから真っ直ぐにサディアスを見る。

「それで……兄は今どこに？」

その質問に、彼は再びコーヒーを口にしながら片眉を上げた。

「アッシュフォードの領地の一つに行ってもらってる」

「……そうなの……」

それでもやっぱり思う所があるのか、ハリエットが唇を噛み締めている。彼女を励ますように、サディアスは優しく告げた。

「心配いらない。シェイタナの件は俺が何とかするから。……それよりハティ」

そっと、砂糖よりも甘く彼女の名前を囁けば、綺麗な若葉色の瞳がサディアスを映した。不安げに揺れるそれにうっとりしながら、彼は柔らかく囁いた。

「俺としては、昨日の真っ暗で質素な初夜をやり直したいんだけど……いいかな?」

下町にある酒場は、喧騒と罵声と何かが壊れるような音がひっきりなしに響いていた。
自分が通う上等なクラブとは全く違う様子に顔をしかめながら、ロバート・シェイタナは店の一番奥、暗いカーテンの引かれた場所へと真っ直ぐに向かった。
入店当初は身なりの良い紳士が何故こんな貧乏人のたまり場にやってくるのかと、ある意味威嚇を込めた眼差しを注がれたが、黒いカーテンの奥に消えていくのを見て客達の興味は失われたようだ。
後ろ暗いことを頼みに行く人間に、貴賤など関係ない、ということろだ。

「一体どうなっている」

カーテンを潜るなり、シェイタナは開口一番に怒鳴った。

「わたしの婚約者を連れ戻すよう頼んだはずが返り討ちに遭い、挙句もう二度と仕事は受けないとはどういうことだ⁉」

薄茶色の髪と同系色の口髭を持ち、黒いコート姿の彼が青筋を立てて唾を飛ばす。その様子に、真っ赤なソファに腰を下ろし酒瓶から直接ウイスキーを摂取していた男が嫌そうに顔をしかめた。

「カササギからの命令だ。それに、俺たちゃ、あんたが相手にしてる男がジョーカーだとは知らなかった。教えておいてくれりゃ、こんな依頼引き受けなかったのによ」

お陰で多大なる犠牲を払った上に、組織の上層から大目玉を食らったのだ。

ぶつくさと文句を零す相手が、シェイタナは気に入らない。ぎりっと奥歯を噛み締めて喚く。

「金ならいくらでも出す！　さっさとあの娘をわたしの前に連れてこいッ」

地団太を踏みそうなその様子に、男は呆れたように首を振ると肩を竦めた。

「わりぃが他所を当たってくれ。といっても、どこの組織も手を引くだろうがな」

「なんだと⁉」

目をギラギラさせるシェイタナに、男はヒヤリと冷たい眼差しを送って冷徹に告げた。

「誰もジョーカーを相手になんかしたくないってことさ」

4. 公爵様との夜

食事の後で侍女によって浴室に連れていかれてお湯を使い、自分の寝室に戻ったハリエットはそここに薔薇の花が飾られ、ベッドの上にまで赤い花びらが散っている様子を見て心の底から驚いた。

昨日の簡素な宿の部屋とは百八十度違う。

あちこちに色ガラスのはまったランプがおかれ、部屋の中を幻想的に照らし出している。

さっぱりした甘さの香りがふわりと漂い、シーツも枕も真っ白でふかふか。その上に、リボンのかかった包みが置かれており、ハリエットは震える指でそれを解いた。

中には肌が透けて見えそうな生地のガウンが。

思わず息を呑み、精緻なレース飾りに目を剥く。

（これを……着てほしいってことなのよね……）

腰の辺りでサッシュを締めるタイプのようで、今着ているシルクのナイトドレスの上から羽織ってみる。

まるっとばっちり透けて見える。

まさか、こうやって服の上から着る物ではないだろう。それくらいはハリエットにもわかる。

（ううっ……）

もし、ハリエットの知るタッドが、視線を逸らしながら「着てほしい」と告げてくれたら、ハリエットも恥ずかしさをこらえて着たかもしれない。

だがタッドの正体がサディアスだと知って、なんとなく……気後れするのだ。

（だってまず間違いなく……たくさん見てるはずだし……）

アッシュフォード公爵の恋愛遍歴は壁の花であるハリエットの耳にも届いていた。主に友人のティターニアが情報源だが、誰それと付き合って別れた、なんて話は日常的によく聞いた。

そんな彼に今更……本当に今更、扇情的な格好をしたところで感情を刺激することが可能なのだろうか。

読んできた本の中に、初夜に関するものは少なかったが一応はあった。どれも恋愛小説の受け売りだが、大抵の場合、恋人が用意した服を着ると喜んでくれることが多かった気がする。

（でもそれは物語の中だから当然のことで……実際はどうなんだろう……タッドは喜んでくれると思うけど……サディアスは……）

うんうん考え込み、最終的には同一人物のはずなのに、と苛立ちながらハリエットはぎゅっとガウンを握りしめる。

それからおもむろに着ていたナイトドレスを脱ぎ始めた。

（読んだ本では喜んでくれた。今までだって、知識に助けられたんだから、大丈夫）

それに、しつこいようだがタッドとサディアスは同じ人なのだ。それならば……ハリエットが見て、聞いて、知った『本人』を大切にすればいい。

他の女性達より貧相で、色気もないかもしれないけど、それでも自分は妻になったのだからと謎の決意を固めてシュミーズも脱ぎ捨てる。

ふわりと柔らかく薄いガウンを羽織りサッシュを締めれば、襟から足首へと流れるように施されていた幅広のレース飾りが、ハリエットを包み込んで縛るリボンのように見えた。

巨大なプレゼントだ。

そう考えて耳まで赤くなっていると。

「……ハリエット」

かすれた、低く甘い声がしてびくり、と身体が強張る。

「あ……」

反射的に振り返り、ハリエットは目を奪われた。

そこにはわずかに湿った黒髪を掻き上げ、艶やかな黒のガウンを着たサディアスが立っていた。お湯から上がったばかりなのか、漂ってくる爽やかな草木の香りと温められた空気に触れて身体の奥が震えてくる。

目を上げれば熱っぽい金色の瞳に当たり、そこにほんの少しだけ滲んだ刃のようなそれにどきりとする。

思わず視線を逸らした瞬間、ハリエットは自分の格好を思い出して真っ赤になった。慌てて手で隠そうとすれば、鋭い声が飛んだ。

「動かないで」

りんと静かに響いた制止は、人に命令することに慣れている強さがあった。ぎくりと、ハリエットの両手が動きを止める。

柔らかなランプの、不規則に揺れる灯りが彼女の身体を余すことなく照らし出し、サディアスの視線を縫い留めていた。

「………あ、あの……」

沈黙すること数十秒。

長すぎるそれに耐えられず、首筋まで真っ赤になったハリエットがくるりと背を向けた。はっと短く息を吸う音がして、続いて彼が大股で近づいてくるのがわかった。

「何故背を向ける？」

ふわりとシルクの袖に包まれた腕が腰に回り、引き寄せられた。

「もっと見せて」

するりと熱い掌が、ハリエットの扇情的で柔らかなガウンの上を辿る。身体の凹凸を確かめるように登ってきた掌が、胸の丸みに触れた。

「んっ」

恥ずかしくて身の置き所がなかったハリエットは、熱く硬く、しなやかな指が胸の丸みを包み込んで指の腹で押すのを感じて思わず喉を逸らした。

途端、その首筋に後ろから唇が忍び寄る。

「あっ」

サディアスの唇と舌が彼女の顎の辺りを撫で、ぞくりとした震えがお腹へと走った。思わず彼の肩に反対側の頬をこすりつけると、サディアスが顎の下から耳元へとキスを繰り返しながら片手をそっとガウンのあわせに滑り込ませた。

柔らかな生地の上から触れるだけだった掌が、直にハリエットの肌を撫でる。

「んっ……ふ……」

丸みを帯びた果実に触れ、先端を揶揄うようにこすり上げられて、ハリエットはお腹の奥に熱がたまっていく気がした。その熱が解放を求めて競り上がってくる。

優しく、時に乱暴に。

胸をまさぐる手に意識が持っていかれ、ハリエットは甘い霞(かすみ)の中に落ちていく気がした。しがみ付く物を求めて、彼の袖の肘辺りを引っ張れば、きつく首筋を吸い上げられた。

「あ」

甘い声が漏れる。腰を抱いていたもう片方の手がするりとハリエットのサッシュを解き、あわせた襟がゆっくりとはだけていく。

やがて彼は、熱く震えるハリエットの身体を抱き上げ、ゆっくりとベッドに下ろした。そのまま両膝で彼女の腰の辺りを挟むようにして乗り上げる。

柔らかく軋(きし)んだマットレスの上。瞳に映ったサディアスにハリエットは息を呑んだ。

「昨日の初夜は……タッドとしてだったけど」

声は、同じ。でもどこか自信に満ちた甘い声がハリエットを包み込む。

「今日は……公爵として君を抱かせて？」

百戦錬磨の、と言外に言われた気がしてハリエットは真っ赤になった。

「どっちもあなたじゃない」

かすれた声で言い返せば、うっとりと笑うサディアスがその手の甲でゆっくりとハリエットの頬を撫でた。

「そうかも。でも昨日のように緊張して……切羽詰まったのは嫌だから」

金色の瞳一杯にハリエットを映して彼が微笑む。美味しそうな物を目の前に、食べたくてしょうがないというような笑みだ。

ぞくぞくしたものが背筋を走る。

確かに……確かに昨日は真っ暗で、タッドの姿など見ていない。

彼は身を起こすとハリエットの視線の先でガウンを脱いだ。

ランプの灯りに、引き締まった身体が浮かび上がる。ほんのりと日焼けした滑らかな肌と、しなやかな筋肉の盛り上がりに目を奪われる。

決して怠惰な暮らしをする公爵ではないと、一目でわかり、ますます身体の奥が切なく痛んでくる。

「昨日だって、余裕そうだったわ」

どうにか彼から視線を引き剥がし、すっかりはだけてしまった自分のガウンを掻き合わせようとする。その手首を掴まれ、どきりと心臓が高鳴った。

「今日の方がもう少し余裕がある」

笑みを含んだ声が囁き、ハリエットは全身が真っ赤になっているのでは？　と思いながら目を閉じた。触れなくてもわかる、熱すぎる熱が近づき耳元でかすれた声が囁いた。

「君の全身を余すところなく、眺める余裕がね」

（ひゃあ～～～～）

見られてる、と思うと緊張と羞恥が込み上げてきて、彼の視線から隠すよう身を捩った。

だが彼はそっとハリエットの手首をシーツに縫い留めたまま動かない。もじもじと太ももをこすり合わせると、低く呻くような声が聞こえた。

時間が経てば経つだけ、じわじわと身体に熱がこもっていき、耐えられなくなったハリエットがぱっと目を開けてサディアスを見上げた。

「もう、これ以上――……」

見つめないで、という単語が喉の奥に張り付く。何故なら、目を開けた先、サディアスの金色の瞳が飢えたように獰猛に、炯々と輝いていたのだ。

（わ……）

視線を逸らそうにも、捉えられたようになって動かせない。

震えながら見上げていると、彼が体中の緊張を解くように深い溜息を吐いた。

「もう少し……余裕があるかと思ったけど……君を見ていたらそれも全部吹っ飛んだ」

ゆっくりと彼が身を伏せる。熱い唇が喉の中心に触れ、そこからゆっくりゆっくり下っていく。

胸の間、おへその上、胸の下。

胸の先端。

「っ」

びくり、とハリエットの身体が強張る。唇に含んだ先端を舌で愛撫されて、気付けばハリエットは身体を捩っていた。

「ハリエット」

手首から離された彼の両手が、彼女の柔らかな双丘を救い上げてやわやわと揉みこむ。その動きに合わせて、昨夜識った身体の奥の空洞が、痛みに切ない悲鳴を上げる。

満たしてほしい、と。

「タッド……」

漏れ出た彼の名前に、しかし彼は不満そうに意地悪く微笑んだ。

「その名で呼ばれるのも悪くないけど……」

サディアスって呼んで？

甘い声が吐息を吹き込むよう、耳元で囁く。

唇は飽くことなく彼女の首筋で戯れるようにキスを繰り返し、手は柔らかな果実を弄ぶ。

シーツから浮いた彼女の手は、まっすぐに伸び、サディアスを抱きしめた。

その名で呼んだことはない。ハリエットにとってタッドはタッドでしかなかったから。

でも、今は？

「……サディアス……」

熱に浮いたように囁いたその名前。自分の口から零れた音が、彼をタッドではない存在と形づけたようでハリエットは不思議な気持ちになった。

同じ男性(ヒト)なのに、どうして。

「ハリエット」

震える声が名前を呼ぶ。肌に響いた懇願するようなそれに少し驚いていると、身体を離したサディアスが彼女の唇に噛みついた。

「んっ……う……」

焼け付くような、喰(く)らいつくような深い口づけに瞼の奥がくるくると回る気がする。獰猛さに驚いて思わず逃げるように舌をひっこめるも、すぐに絡め取られて引きずり出される。

「ふ……あ……」

キスの合間にどうにか呼吸をするが、サディアスの手によって掻(か)き立(た)てられる快感に突き上げられてままならない。

思考に霞がかかり、ただ夢中で彼にしがみ付いていると、彼女の身体を辿っていた手がそっと脚の間を包み込むのに気が付いた。

「あ」

思わず身を起こそうとするも、サディアスがハリエットの真っ白な太ももを抱えて膝を割るほうが早かった。

昨日は真っ暗で何も見えなかった。

でも今は、昼間のように明るくはないが、綺麗な色彩の灯りがそこここで揺れていて、視線の先には飢えたような眼差しでこちらを見つめる男性(ヒト)がいる。

金色の瞳に射貫かれ、ハリエットは身体が緊張し、奥から震えてくる気がした。

「……ハリエット」

ゆっくりと、微笑んだサディアスが身を傾ける。

先ほどとは打って変わった優しいキスに徐々に身体がほぐれていく。と、脚の間に置かれていた手が動き始め、秘裂を割って進み、蜜を零すつぼみに硬い指先が触れた。

びくん、とハリエットの身体が震える。

昨夜、そこに指よりももっと硬く大きい物を呑み込んだはずだが、今はもう閉じてしまっている。

そこを優しくサディアスが撫で、更には入り口の先端で尖る花芽にも愛撫を繰り返す。

「あ」

甘い刺激にふわりと腰が動き、ハリエットは真っ赤になった。まるで彼の手の動きに合わせてねだるように動いてしまった。

「大丈夫」

そんな彼女の様子に直ぐに気付き、サディアスがゆっくりと目元にキスをする。

「感じるままに動いて」

「でも……」

羞恥心が込み上げてくる。

本で読んで得た知識の中で、女性達はこういう場面では慎ましく振舞うべきで、奔放に感情を解放するのは好ましくないとされている。

それを説明しようとするも、サディアスが硬い指を彼女の膣内に差し入れるほうが早かった。

「ああっ」

再び腰が浮く。それに合わせるようにゆっくりと内側を撫でるサディアスが、ハリエットの額に額を押しあてた。

「そう。そうやって感じて……俺の動きに合わせて」

「で、でも」

「大丈夫。そうしてくれる方が俺も嬉しいから」

嬉しい。

その言葉にどきりとハリエットの心臓が高鳴った。

鼓動に促されるように、彼女はサディアスが与えてくれる快感に集中する。彼の手の動きに合わせるよう、腰が揺れ、意図しなくても自分が「気持ちいい」と思える場所を求めて身体が反応する。

気付けば甘い声がひっきりなしに漏れ、それを嫌がる自分を彼女は奥底へと押し込めた。

「ああ……可愛いよ、ハリエット」

耳元で甘い声が囁き、閉じていた目を開ければ、上半身を起こし、うっとりとした表情でこちらを見下ろすサディアスが飛び込んできた。

濡れた黒髪が、揺れる灯火に淡く煌めいている。口元に浮かぶ、大切なものを見つけたような優しい笑みにハリエットは不思議な感情が込み上げてくるのを覚えた。

彼は本当に私を愛してくれているんだ……――。

そう、多幸感を伴って溢れてくる。

彼とタッドは違うと、そう思った。でも違った。彼は……――彼だ。

「サディアス……」

意味もなく名を呼べば、彼はちょっと目を見張り、それからゆっくりとハリエットの秘裂から手を離した。

「んっ」

抜かれる感触と、開いた空洞を再び埋めてほしいとねだる疼きに声が漏れる。

もっと深くまで触れてほしい。

そんな淫らな欲望が口をついて出そうになって。

「昨日も言ったけれど」

先にサディアスが。

「君は……俺のものだ」

微かに震えた声でそう告げる。そして、ハリエットが答える前に、指よりももっと太く、硬いものが膣内(なか)へと侵入してきた。

「あああああ」

喉から嬌声が漏れる。甘く淫らな声。それを恥ずかしいと思う間もなく、ハリエットの脚を抱えたサディアスが激しく抽挿を始めた。

「あっあっあ」

初めて彼のものを受け入れた時と違い、多少痛みはあれどすんなりと楔を受け入れる。

濡れた音が響き、ハリエットは、昨日は何も見えなかったがどうなっているのかとほんの少し興味がわいて頭をもたげてみた。

「ハティ」

途端、甘い声がして切羽詰まった様子のサディアスが見えた。

（ああ……）

きゅっと心臓が痛くなる。

彼女が知るアッシュフォード公爵は、いつも冷たい笑顔と礼儀正しい雰囲気で周囲を圧倒していた。

彼女が知るタッドは、いつも距離を取って柔らかい笑みを口元に浮かべ控えめだった。

でも今、目の前にいる彼は、ハリエットと同じどうしようもないほどの欲望に突き動かされて、恥も外聞もなくハリエットを求めている。

（大丈夫、って言ってたのはこういうことなんだわ……）

彼から与えられる熱の合間に、ハリエットはぼんやりと思った。私がどれだけ乱れても、きっと彼は受け入れてくれる。

何故なら彼も同じだから。

「サディアス……タッド……」

泣きそうな声が出た。それでも構うことなく、ハリエットは自らの脚を彼の腰に絡めた。

「っ」

初めて、サディアスからうめき声が漏れる。それに気をよくして、彼女は腰の動きに合わせて身体を動かしてみた。

「あっ……こらっ」

余裕があると言っていたのに、それが全く感じられない声で甘く叱責された。それでもハリエットはサディアスの首筋に抱き着くと自ら腰を押し進めた。

何かを堪えてためらうように緩く動いていた彼の腰が、次の瞬間、ひときわ強くハリエットの中を穿(うが)った。

「きゃ」

悲鳴のような嬌声が漏れる。

「本当に……君はッ」

抜けるぎりぎりまで腰が引き、再び一気に打ち込まれる。

目の前が真っ白になるような快感に、ハリエットは息が止まりそうになった。だがサディアスは深く奥を抉(えぐ)るように腰を動かし、彼女を快楽の渦へと叩(たた)き落(お)としていく。

「あっ……あんっ……んっ……ふうっ」

サディアスから与えられるもの、すべてを逃したくなくて、ハリエットも必死に彼にしがみ付く。

灼熱の楔が、内側の鋭く感じる場所を攻め立て、喉から啼(な)き声があふれ出す。お腹の奥からじわじわと湧き上がってくる熱に反射的に抗(あらが)っていると、彼の楔がある一点を突いた。

「あっ」

声色が変わった。

それと同時に、ハリエットは自分の中がきつく締まるのがわかった。頭まで駆け抜ける、鋭い刺激。

その反応に、サディアスが気付かないわけがなくて。

「ここ」

再び同じ場所を突かれ、ハリエットが首を振る。

「や……！　だめっ」

「気持ちいいんだよね？」

「ああっ」

更に強く、同じ場所を突かれ、敏感になって締まる膣内(なか)を楔で余すことなくこすられる。

「あっあっあっ……やあ……ダメっ……だめぇ」

昨夜とも全く違う、激しく鋭い快感が込み上げてきて、ハリエットは自分がバラバラに砕けるような気がした。

それを堪え、もっとゆっくりと訴えるが、サディアスは容赦しない。

「駄目じゃないよ。俺も……一緒に……ね」

甘い声がなだめる様に訴え、促されてハリエットも彼に抱き着く。彼の腰の動きに合わせて律動を刻み、キスをねだり、ぎりぎりと巻き上がっていくような快感を必死に堪える。

やがて、サディアスの灼熱の楔に奥深くまで貫かれて、ハリエットはひときわ甲高い嬌声を上げた。

瞑(つぶ)った瞼の裏が真っ白になる。背中にしがみ付き、あられもない声を上げる彼女は、呻くようにハリエットの名前を呼んで、しっかりと抱きしめるサディアスが身体を震わせるのがわかった。

高みから放り出され、長い長い落下を経験した後、爆発的な快感が尾を引いて通り過ぎていく。

ゆっくりと横にずれたサディアスが手を伸ばして彼女を抱き留める。甘い吐息を零してハリエットは目を閉じた。

互いの荒い呼吸だけが空気を満たしていく。

それが少し収まった頃、うとうとしかけた意識を持ち上げ、これだけは言わなくてはとハリエットは唇を開いた。

「……――どこに余裕があったのよ」

全く余裕なんかなかった。昨日と同等か、それ以上に激しく喰らわれた印象だ。

そのハリエットの発言に、サディアスは吹き出すと身体を震わせながら再び彼女をぎゅっと抱きしめる。

「……ごめん」

まだ少し速い鼓動を刻む彼の胸に掌を押し当てて、今度こそハリエットは身体から力を抜いた。

ゆっくりと甘い幸福に身をゆだね意識を手放していく。

その中で、彼女は彼が囁くのを聞いた。

君が魅力的すぎて、我慢できなかった――と。

サディアスは自分の結婚が新聞に載るが、皆が領地に帰る夏場は社交界は閑散としていて誰も気に留めやしないとそう言っていた。

だが日が経つにつれて、王都で発行された新聞が地方へと郵送され、国土全域に広がる頃には二人が滞在する領地の屋敷にまで招待状が山ほど届くようになっていた。

「なんだか……申し訳ないわね」

十通まとめて紐でくくられた手紙の束が、五つもある。それを書斎のデスクで選り分けるサディアスに、応接用に用意されたソファに座るハリエットはしょんぼりと肩を落としてそう言った。

「何故？」

その作業から目を上げることなく、サディアスがぽいぽいと床に用意された籠に招待状を放っていく。この作業を彼は午後の郵便が届くと同時に何日も繰り返しているのだ。

「俺がこの夏はここから出ないと決めているのに、繰り返し送ってくる方がバカなんだよ」

「でも……」

「それに、俺が本当の意味で付き合っている連中は招待状なんか寄越さない。時がきたら教えてもらえるし、君を紹介してもらえるとちゃんと理解してる。アッシュフォード公爵が電撃結婚をした理由を社交界の誰よりも先に、いち早く知って優越感に浸りたい、っていうどうしようもない連中が招待状を送って寄越してるんだよ」

そんなの無視で構わない。

きっぱりと告げるサディアスに、ハリエットも溜息を零した。

確かに、彼の言い分はよくわかる。実際、この招待状の山はいち早く最大のゴシップの真相を知りたいという下世話な好奇心からのものが大半だろう。

でも本当にいいのだろうか。

（だってタッドは……サディアスなんだもの……）

我ながらオカシナ思考だと思うが、彼はあのアッシュフォード公爵なのだ。人気者の彼がこんな引きこもりじみた真似をしていいのだろうか。

それに。

「……ねえ、タッド」

「ん～？」

ひたすらぽいぽいと招待状を捨てている彼は視線を上げない。その気安さに、彼の執務室のソファに膝を抱えて座るハリエットが意を決して尋ねてみた。

「レディ・ハーグレイブのことはいいの？」

瞬間、がしゃん、とカップが何かにぶつかるような音がして、ハリエットはぎょっとする。慌てて立ち上がれば、彼の手元にあったコーヒーカップが倒れていた。

「あ、大丈夫。ほとんど残ってなかったから」

　そうはいっても何か拭くものが必要だと、ハリエットはサディアスの背後にある窓へと駆け寄り、傍にある呼び鈴の紐を引いた。

「お手紙は大丈夫だった？　書類とか、大切なものがあったんじゃないの？」

　数十秒と経たずに現れたメイドに掃除を頼み、布巾とモップを持って戻ってくる。掃除が開始されるとたまらずそう聞けば、何故か後ろから抱きしめられた。

「ちょっと⁉」

「心外だよ、ハティ。君は俺がレディ・ハーグレイブとどんな関係だったと思ってるのさ」

　ぐりぐりと首筋に額を押し当てられて、くすぐったいやら柔らかな髪の感触が気持ちいいやら、ほんのり赤くなりながら彼女はぺしり、とサディアスの腕を叩いた。

「人前」

「俺達は新婚なんだから、むしろいちゃいちゃべたべたするべきなんだよ」

　意に介さず、サディアスがさらにぎゅうぎゅうとハリエットを抱きしめ、最終的にはひょいと抱き上げるとソファに腰を下ろした。静かにメイドが出て行く。

「もう！　他の女性にも、こうだったの？」

　皮肉を込めてそう言えば、見上げる先でサディアスが情けない顔をした。

「そんなわけないだろ。俺が悲しいくらいに情けなくなるのは、君が相手の時だけだよ」

ちゅっと額にキスを落とされ、ハリエットは閉口した。

でも確かにそうかもしれない。舞踏会で、晩餐会で、アッシュフォード公爵はいつだって張り付けた笑みを優雅な物腰でカバーするような人だったのだから。

感情もあらわに、情けない顔をするところなど見たことがない。

「でも、レディ・ハーグレイブとかその他大勢の恋人の前では――……」

その台詞は、落ちてきた荒々しいキスの前に潰(つい)える。

噛みつくように唇を食まれ、開いた唇の隙間から熱い舌が雪崩(なだ)れ込んでくる。後頭部を抑えられ、彼にしがみ付くしかないハリエットはできる限り彼のキスに応えた。

ぼんやりと意識に霞がかかり始める頃、甘い吐息を漏らして唇が離れた。

「……君がそんなふざけたことをいうのは、彼女のせいかな？」

後頭部を支えたまま、いつの間にか持っていたのか、ひらりと一枚の手紙をハリエットの前に差し出す。

見慣れた文字が目に留まり、ぱっとハリエットの顔が輝いた。

「ティターニアからね！」

手を伸ばすが、捕まえる寸前でひょいっと遠ざけられる。もう一度、と伸ばしても今度は反対側に動かされてハリエットは目を回して見せた。

「……見せてくれないつもり？」

思わず半眼で睨み付ければ、サディアスがむくれたように唇を尖らせた。

「面白くないなって」

「ええ？」

「そんな……俺にも向けたことのない、きらきらした笑顔を見せるなんて反則だよ」

すねたような物言いに唖然とする。だが不服そうに視線を逸らすサディアスを見ていると、胸の内からソーダ水の泡のように、くすぐったさが湧き上がってきて思わず唇が綻んでいく。

「なに？　こんな紙切れ一枚にも嫉妬するわけ？」

揶揄うようにそう告げると、間の悪そうに視線を逸らし続けていたサディアスがちょいっと、手紙の縁をハリエットの唇に押し当てた。

「するよ」

「えぇ？」

笑いながら手紙を受け取る。それから視線を上げれば真っ直ぐにこちらを射貫く金色の瞳にぶつかった。

「嫉妬。俺以外に君を笑顔にさせるすべてが妬ましい」

手紙を掴む手を取られ、白く滑らかな手首の裏に唇が落ちてくる。じっとこちらを見ながら繰り返されるキスに、ハリエットは身体の奥の空洞が切なく痛むのを感じて、慌てて手を取り返した。

確かに二人の寝室は別だが、ハリエットは扉に鍵をかけられなかった。

何故なら寝室に下がる際に、切なそうにサディアスがこちらを窺い、しょんぼりと自室に下がっていく姿にどうしても鍵をかけられないのだ。

そんな情けない顔を見せるかと思ったら、今みたいに熱っぽく飢えたような眼差しでこちらを見つめ、手紙一枚にも嫉妬すると公言するのだ。

「ハティ……」

身を乗り出すサディアスに、押し倒されそうな雰囲気を感じて、慌ててハリエットがソファから立ち上がる。

「駄目。今朝だって……」

身体を愛撫する手の感触で目が覚めたのだ。そのまま優しく抱かれて、こんな毎日を送っていたら身体が溶けてサディアスと一つになってしまうと本気でそう思ったのだ。

「俺達は新婚だよ?」

未練がましく腰に抱き着く彼の髪にそっと触れて、ハリエットは苦く笑う。

「そういうことをしなくてももっと……一緒に時間を過ごすことだってできるでしょう？」

いたことのない、幼い弟に告げるみたいに噛んで含めるように告げると、渋々といった感じでサディアスが立ち上がる。

「わかった。じゃあ紳士らしく一緒に読書をしよう。君は手紙を読んでていいよ。俺も本を持っていくから。中庭の木陰で毛布を敷いてお茶にしよう」

てきぱきと告げるサディアスに呆れたように溜息を吐く。

「お仕事はいいの？」

「ああ」

招待状を捨てているようにしか見えなかったが、大丈夫なのだろうか。

そんな疑念が顔に出ていたのだろう。手紙と書類の束に視線を落としたサディアスがふむと腕を組んで考え込むと、一枚の書類を引っ張り出した。

「最近気になっているのは、例の諸島の紛争かな。あれが収まらないとどうにも身動きが取れない」

その言葉に、ハリエットは「ああ」と得心がいったように頷いた。

「新聞で連日大々的に取り上げられているものね。石炭が採れない、入ってこないって大騒ぎになってる」

ハリエットの趣味の読書は、なにも『書物』だけに限定されるわけではない。

新聞もその範疇（はんちゅう）で、公爵家では五紙も取っているから毎朝、楽しみにしているのだ。

そんな妻に嬉しそうに目を細めながら、サディアスが淡々と続ける。

「実は一つ、軌道に乗らない事業があってね。紛争の件も尾を引いて、このまま改善が見込まれないなら投資を切ってしまおうかと思ったんだが、不思議なことにここ数日業績が右肩上がりになってるんだよ」

「まぁ」

それは驚きだ。

兄がオカシナ事業に投資をするのを阻止するのが日課なハリエットは、傾いた経営を立て直すのは並大抵の努力ではできないことも十分に知っていた。

サディアスの瞳が、社交界を闊歩するのと同じように、冷たく冴え冴えとした金色になる。仕事に関しては甘さのない彼が言うのだから、きっと本当に改善が見込まれることはなかったのだろう。

それが急に業績が上がったというのは何故なのか。

「理由がわかるまでは安心できないからね。これだけちょっと調査させよう」

呼び鈴を鳴らし、やってきた執事に手紙を託す。

まずは代理人に事業視察に行ってもらうよう、打ち合わせをするみたいだ。

忙しくなるのかなと、その場を離れようとしたハリエットだが手を伸ばしたサディアスにあっさり捕まってしまう。

真っ赤になって固まるハリエットをよそに、サディアスが執事にとびきりのいい笑顔を見せた。

「それと、午後は妻とお茶会を楽しむ予定だから。中庭の木陰に一式、用意しておいてくれ」

「かしこまりました」

ぴんと冷たかった執事の声色が、この時ばかりは温かく緩むのに気付いてハリエットは恥ずかしさに頭を抱えたくなる。

「アッシュフォード公爵としての威厳はどこにいってしまったの？」

腰を抱かれたまま、サディアスと一緒に書斎を出る。そのハリエットの言葉に、彼女を見下ろした彼は、目が眩んで何も見えなくなるような眩しい笑顔を見せた。

「そんなもの、君の前では何の役にも立たないからね。全部捨ててきたよ」

身を寄せ楽しそうに囁く彼に、ハリエットはどうしようもないなと、呆れた調子で微笑むのだった。

ハーグレイブ伯爵令嬢、イーディス・コットは避暑地に届いた遅い新聞に衝撃を受けた。

自分との結婚がもう目前まで迫っていると確信していた相手、アッシュフォード公爵が電撃結婚を発表したのだ。

相手は顔もよく知らない、壁の花の令嬢だという。

そんな女に出し抜かれたと知ったイーディスは、その日自分の寝室にあるものをめちゃくちゃに壊した。メイド達が恐れて近寄れないくらいに荒れた彼女は、次の瞬間には公爵宛に手紙を書いていた。

何通も何通も。

一度お会いしたい、どうしてこんなことになったの、私達の間には愛があったはず等々。

だが返事は一向に来ず、しびれを切らしたイーディスは公爵家に押しかけた。

街屋敷（タウンハウス）に彼はいなかった。

当然だ。夏のシーズンに王都にいるとは考えられない。

次に向かったのはアッシュフォードのメインの領地だ。王都の東に広がる広大な公爵領。そこにあるクローヴ館（ホール）へと向かう。

だが、そこにも主はいないと言われてしまった。

いったいどこに行ったのか。アッシュフォードの領地のすべて、別荘から屋敷までくまなく訪ね歩くも、一向に公爵は捕まらない。

やがてイーディスがアッシュフォード公爵を探し回っているらしい、という噂が人の少ない社交界でも出回るようになり、体面が悪いと気付いた彼女は激しい怒りと共に捜索を断念せざるを得なかった。

それでも諦めきれない。

ハーグレイブの領地でハウスパーティを開き、集まった紳士淑女を相手に、ナントカ令嬢は酷い手段を取って公爵を私から奪い取った、可愛そうな公爵は私との結婚を望んでいたのに、と泣きながら訴えた。

話題の少ない夏場のシーズン。その話は面白おかしく社交界に喧伝（けんでん）された。

その様子に、イーディスは心の奥底でにんまりと笑う。

これでサディアスは出てきてくれる。

私がこれほどまでに嘆き悲しんでいると知ったら、絶対に会いにきてくれる。間違いない。彼の瞳に映る唯一の女性はイーディスであってしかるべきなのだ。

だが、彼女の元に返事は届かず、ただ飛び込んできたのは大人気劇作家が手がける歌劇に、かの公爵夫妻がやってくるかもしれない、という情報だけであった。

5．王立劇場での遭遇

この世界を思う通りに操ろうと思ったら、大事になってくるのは情報を誰よりも先に入手することだ。

三大組織を潰したサディアスには表以外にもいくらでも情報を入手できるルートがある。使える人間も裏表合わせてたくさんいる。

それらを最大限に駆使し、ハリエットを護ると決めたサディアスに抜かりはない。ハーグレイブ伯爵令嬢が血眼になって自分を探していることなど、自分が作り上げた組織を使うまでもなくわかった。

彼女がやりそうなことだ。

だからどの屋敷にも「いない」の一点張りで押し通せと通達をし、実際、彼女が尋ねてくると事前に察知できた際にはハリエットを連れて館の図書室に引きこもったりした。

二人とも読書が趣味で、王立図書館には朝から晩までいたので全く問題ない。

嵐が通り過ぎるのを待つだけだ。

それからイーディスが壮大な「夢物語」をでっちあげて社交界にハリエットを貶(おとし)める噂を流したことも把握していた。

これはハリエットの友人、スレイン伯爵令嬢も掴んでいたようで、ハリエットは彼女と数度、手紙をやりとりしたあとで、サディアスのいるテラスへと駆け込んできた。

「私がトンデモナイ悪女で、あなたに薬を盛って意識を奪ったあと、彼に迫って身体を投げ出し無理やり純潔を奪ったからと結婚を迫ったって書いてあるんだけど⁉」

ティターニアからの最新の手紙を握りしめて、そう訴えるハリエットに、サディアスは目を細めるとふうっと溜息を洩らし、ベンチの隣に座る様、彼女を促した。

すと、と腰を下ろすハリエットの肩を抱き寄せ、サディアスはうんざりしたように顔をしかめた。

「噂の出所は知ってるよ」

「……もしかしてあなたの取り巻き連中の愛人とか恋人とか未亡人とか？」

半眼でそう訴えるハリエットの、やや尖った唇に目を止めて苦く笑う。我慢できずにちゅっとキスをすれば、彼女は耳まで真っ赤になった。

毎晩、はしていないが、抱きしめて眠っているというのに一向に彼女は慣れない。それが可愛いんだよなと思いながら、サディアスは彼女の柔らかな金麦色の髪に指を絡めた。

「あってるが違う。俺の取り巻きで妻になりたかったご令嬢だよ」

「…………レディ・ハーグレイブね」

呻くように告げるハリエットに、サディアスは溜息を吐いて空を見上げた。

暑い夏の風の中に、ひやりと冷たいものが混じる。真っ青な空に急成長を始める真っ白な雲が見え、さっと日が陰った。遠くで雷が鳴り、雨の香りが漂ってくる。

災難から早々に逃れるべく、サディアスはひょいっとハリエットを抱き上げた。短い悲鳴が彼女から漏れるも構わずに歩き出す。

「タッド！」

「もし噂の内容が、アッシュフォード公爵がリズヴォード伯爵令嬢の美しさに心奪われ、無理やり彼女の純潔を奪って結婚した、というのなら本当だから噂なんか放置しておくところだけど」

言ってちらっと視線を落とせば、赤くなった頬のままハリエットが目を丸くしている。

彼女を連れてガラス戸から屋敷に戻れば、ぽつりと大粒の雫が窓ガラスにぶつかる。それから辺りが白く煙るほどの雨が降り注ぎ、ちょっとハリエットが目を見張った。

「災難となりうる事態からはいち早く回避行動をとった方が賢明だからね」

割れんばかりの拍手のような音を立てて、雨が天と地を縫い付ける。

「……ええ、その通りね」

神妙な顔で告げるハリエットをソファに下ろし、窓の傍に立ったサディアスが「頃合いかもしれない」と囁くように告げた。

「……頃合い？」

不安そうに眉を寄せる彼女に、振り返ったサディアスが微笑んだ。

「国王陛下(おじいさま)がね、かわいい孫の妻を見せにこいとしつこくしつこく手紙を送って寄越していてね」

途端、真っ青になったハリエットがひゅっと息を吸い込むのがわかった。そんな彼女を安心させるようにサディアスがひらりと手を振った。

「大丈夫。いきなり王城のパーティに出席しろとは言わないから」

「で、でもっ」

声が裏返る。立ち上がりうろうろと辺りを歩きはじめる彼女に、サディアスは「本当に大丈夫だから」と重ねて言った。

「陛下に結婚の報告をするために謁見するとなると、君のお兄さんにも出席してもらわなくてはいけなくなる。でも今、それは無理だし、陛下もまずは、単なる俺の祖父として君に会いたいんだと思う」

「た、単なる祖父として～なんて軽々しく言うけど、国王陛下なのよ⁉」

慌てふためくハリエットに、可愛いな、なんて感想を抱きながら小さく微笑む。

「ああ。でも方法はある。そして陛下のお墨付きを貰えれば、根も葉もない噂を完全に消し去ることも、流した張本人を完膚なきまでに叩きのめすこともできる」

澄まして告げれば、ハリエットがその綺麗な若葉色の瞳を瞬かせた。

「……すご～く、物騒な物言いね。もとはと言えば、あなたが周囲に女性を侍(はべ)らせていたからじゃないの？　某令嬢のような」

じとっと見つめられて思わず苦笑する。

確かにその通りだ。

「だって仕方ないだろ？　俺がタッドだと君が気付かなかったように、社交界ではそういう振る舞いが利益をもたらすことの方が多かったんだから」

「……たくさんの取り巻きを引き連れて歩くことが？」

「ハティ」

大股で彼女に近づき、腕を回して抱きしめる。

「嫉妬してくれてるのかな？」

そっと耳元で揶揄うように告げれば、段々サディアスのやり方に気付いてきたのかぐいっと顎を上げたハリエットが怖い顔で睨んでくる。

「そういうことじゃないのは、あなたもわかってるでしょう？　サディアス」

愛称ではなく名前を呼ばれ、思わず頬が緩む。それを必死に隠しながら、彼はハリエットの身体を離すと、そっぽを向いて首筋に掌を押し当てた。

「わかったよ。俺がすべて悪かった。王立図書館で出会ったのがハリエット・フォルト嬢だと気付いた瞬間に、すべての取り巻きを振り切って君の前に跪いて愛を乞うべきでした」

「サディアス！」

悲鳴のような声を上げる彼女に笑いながら、彼は続けた。

「とにかく、正式な紹介より前に顔合わせができる場を用意するから。陛下が認めたレディに対して口さがない噂を立てる真似ができる奴を俺は知らないし。それでもまだ騒ぎ立てる輩がいるなら――」

続く沈黙に、うっすらと物騒な空気がにじむ。

だがそれに気付いたのか気付かないのか、ハリエットが「もう」と軽い口調で言った。

「周囲を刺激するようなことを言わないでよね？　そうでなくてもあのアッシュフォード公爵を罠にはめたりリズヴォード伯爵令嬢とはどんな悪女だ？　って言われてるんだから……」

ああ胃が痛い。

みぞおち辺りを抑えながら見上げるハリエットに、サディアスは目を瞬くとふわりと微笑んだ。

「俺としては、君に注目しなかった紳士連中全員、見る目がないと思ってるけどね」


サディアスが選んだ顔合わせの場は王立劇場だった。

巨大な劇場の一階は一般市民が訪れることができる価格帯で座席が販売されているが、二階、三階は、各貴族が押さえているボックスシートの他に、王族専用のロイヤルシートがある。

一つの空間に貴賤を問わず大勢の観客が訪れるそこは、観覧前に集まるホールも分かれていて、ちょっとした社交の場になっているのだ。

最新作歌劇の公演初日。有名な脚本家と演出家がそろったシリーズ物の一作目ということで、大の歌劇ファンである王妃が、陛下と共に来場することになっていた。

そこにアッシュフォード公爵夫妻も参加して、開演までの時間を顔合わせにしようとサディアスは考えたのだ。

劇場の灯りがついている間は、向かい側からボックスシートの中がよく見える。そこでサディアスとハリエットが仲睦まじい様子を見せつければ自然と人々の噂も単なるやっかみだと気付くはずだ。

本当にちょうどいい場だと、ハリエットは感心する。

そのための移動と準備にてんてこ舞いになったことを除けば、であるが。

なにせ初演まで日がなく、ドレスをフルオーダーする時間もない。ただ単に演劇を楽しみに行くのであれば、既製のドレスでも十分に間に合ったが、時間が短いとはいえ、国王夫妻にお目通りするとなるとそうもいかない。

悩んだ末、ハリエットが取ったのは、クローゼットのドレスを確認した後、別の領地に滞在する義母・先代アッシュフォード公爵夫人に相談することだった。

開場までの間、中二階にあるボックスシート客専用のサロンでハリエットとサディアスは社交界の面々に囲まれていた。

もともとハリエットは社交界で顔が知られた存在ではない。取り立てて美人というわけでもないし、たまに申し込まれるダンスは初回からほぼ断ってきていた。

愚行に走りそうな兄に目を光らせている妹、として認識されるばかりで、「リズヴォード伯爵令嬢」

として見られる機会が少なかった。

そのため、好奇の視線が突き刺さり、酷く居心地が悪い。

それでも顔を上げれば、そのタイミングでサディアスがこちらを見下ろしており、金色の瞳が柔らかく彼女を映す様子に心がほっとする。

あと何故か、遠巻きにこちらを見つめる人達が多く、声をかけてくる紳士、淑女は感じがいい、常識的な人達ばかりなのも嬉しかった。

普段のパーティでは誰彼構わずサディアスの周囲に群がってくるというのに、だ。

その理由を教えてくれたのは、同じく初演にやってきたティターニアだった。

「公爵閣下（ユアグレイス）、よろしければ少々奥様をお借りしてもよろしいでしょうか？」

そう言って彼女がハリエットの腕を取った時、人に囲まれることに慣れていなかった彼女は大いに感謝した。ただ、ティターニアが取った腕と反対側に腕を絡めるサディアスは、ほんの少し腕に力を込めてハリエットの注意を引く。

「あまり遠くへ行かないで」

顔を上げた彼女の耳元にそっと囁く。

情けなさすぎる懇願に思わず目を丸くし、それから困ったように微笑み返した。

「あそこのソファでシャンパンでも頂いてるわ」

「開演十分前になったら迎えに行くから」

連れ去られるハリエットに、悲しそうに囁くサディアスの様子がおかしくて、こっそり微笑んでいると、ソファに腰を下ろしたティターニアが「さあ、白状しなさい」と顔を近寄せてきた。

「一体何がどうなってアッシュフォード公爵と電撃結婚なんかしたの？　その上彼、近づいてこようとする有象無象を冷たすぎる一瞥で蹴散らしてたわよ？」

「そうなの？」

全く気付かなかった。

「ええ。評判のいい紳士淑女しか周りにいなかったじゃない」

確かにそうだが、まさか文字通り『睨みを利かせて』撃退していたなんて。

「それで？　なんでアッシュフォード公爵と知り合ったの？　一緒に舞踏会に出た時は全く興味なし、って感じだったじゃない」

半眼で詰め寄られて閉口する。

確かにそうだ。あの時はアッシュフォード公爵に対して「時折冷たい目をする、世の中を疎んじている存在」と感じるだけで特に興味はなかった。

いや、別の意味で興味があったが、結婚したいと思う対象ではなかったことは事実だ。

「実は色々あって……」

ティターニアは親友だ。その彼女に隠し事などしたくない。でも、何となく……何となく、タッドのことは話したくないと思ってしまったのだ。

今、人々に囲まれて公爵として笑顔を振りまいている姿こそが、世間一般が知る『アッシュフォード公爵』だ。だがそうじゃないことをハリエットは知っている。

ハリエットだけが知っている——それを他の人に話すのは……なんとなく嫌なのだ。

「もしかしてリズヴォード伯爵関連？」

ティターニアからそう言われてハリエットは渡りに船だと乗ることにした。

「そうなの。実はあのバカ兄がトンデモナイ借金をしてしまって……」

本当はサディアスが助けに来てくれたのだが、その部分を隠して、たまたま行きあったことにして話していると、不意にさざ波のように不穏なざわめきが漂ってきた。

二人そろって顔を上げると、サディアスの冷たい視線などものともせず、派手な女性が一人彼に突進していくのが見えた。

「あらあら……とうとうお出ましね」

ティターニアが茶化すように言う。ただし表情はしかめっ面だ。ハリエットもきゅっと唇を引き結んだ。

やってきたのは、ハーグレイブ伯爵令嬢こと、イーディス・コットだ。

彼女は真っ白なドレスを着ていた。今日のハリエットと同じ色彩だ。

ウェーブのかかった金髪を高く結い上げ、ダイヤモンドの付いたピンがそこここで煌きを放っている。艶やかな生地のドレスは、巨大なリボンのように彼女の身体を包み込み、胸元の大きな蝶結びを解いたらすべてが流れ落ちるような危うい印象のものだ。

対してハリエットが着ているのは、身体に沿ってすとんと裾が落ちている、一昔前に流行したタイプのものだ。

ハイウエストで、胸の下に切り返しがあり水色のサッシュを締めている。肩が出る、五分丈の袖は胸元を飾るのと同じレースでできていて、肌の露出はあれどイーディスほど露骨ではなく、どちらかといえばクラシカルな装いだ。

ちらり、とイーディスのブルーの瞳がハリエットとティターニアの方に向く。

「うわぁ」

思わずティターニアから声が漏れた。それとほぼ同等の感想をハリエットも抱く。

そのまま彼女は穏やかに話をする紳士淑女を掻き分けてサディアスの前に立った。ぐいっと顎を上げて胸を張り、何やら訴えている。

社交界の予想では、アッシュフォード公爵の結婚相手はイーディスだった。当の本人もそう思っていただろう。

それが大方の予想を裏切って、選ばれたのはハリエットだった。

ゴシップの匂いを嗅ぎつけ、どんなやり取りが交わされるのだろうかとじわじわと彼らの周りに人垣ができ始める。

その中心では徐々に熱くなるイーディスと逆に氷のように冷たくなるサディアスの姿があり、ハリエットの鼓動が急に激しく高鳴り始めた。

数週間前なら「またやってるわ」と呆れてその場を立ち去っただろう。だが今は、サディアスは彼女の夫で、その夫に近寄る不貞な女性がイーディスだ。

彼女はどれだけ冷たい対応をされてもサディアスを諦めきれないらしく、その腕を取ろうと躍起になっている。サディアスはといえばそっけない態度を貫いているが、振り払うのも体面が悪く難儀しているように見えた。

周囲の視線がハリエットとイーディスの間を行ったり来たりする。

――やっぱりレディ・イーディスの方がお似合いじゃないかしら。

――なんであんな、よくわからない令嬢と結婚したんだ？

――噂は本当なのよ。大人しそうな顔をして公爵を罠(わな)に嵌めたんだわ。

――トンデモナイ女だな、レディ・アッシュフォードは。

漏れ聞こえてくる無責任な台詞がハリエットの耳に飛び込んでくる。心臓がぎゅっと痛くなり、胃の辺りが冷たく凍り付き、足が竦む。

どうするのが妻として正しいのか。どうすれば、彼らの期待に応えられるのか。どうするのがこの場をうまく収める一番の手段となるのか……。

ぐるぐると色々な考えが頭を巡り、動けない。

だが。

「いいの？」

迷走する思考や人々の噂話を劈（つんざ）いて親友の声が耳に飛び込んできた。

「あれ」

はっとして隣を見れば、呆れた様子のティターニアがシャンパングラスに唇を押し当てている。

「みんな勝手なこと言って、あの女はべたべたしている。それでいいの？」

途端、ハリエットの視界が急にクリアになった。

「――……いいわけない」

零れた言葉が、ハリエットの凍り付いた胃の腑（ふ）を溶かす。

「いいわけないわ」

竦んだ足に力がこもり、早駆けする心臓を抱えたまま彼女は勢いよく立ち上がった。

「ちょっと行ってくる」

しっかりしたハリエットの言葉に、ティターニアもにんまり笑うと腰を上げた。

「私も行くわ」

二人揃（そろ）って騎馬のように、煩わしい人達に囲まれているサディアスめがけて突き進んでいく。

筆頭のハーグレイブ伯爵令嬢、イーディス・コットの傍までくると、彼女は近づくハリエットに気付いたのかほんの少し視線を投げて寄越した。だがそれも一瞬で、まるでハリエットなど眼中にないとはっきり示すように、うっとりした視線をサディアスに戻す。

その態度に、ハリエットは腹を決めた。

――いいの？　あれ。

そんなティターニアの台詞が脳裏を駆け巡る。

（いいわけ……あるかああああっ！）

「サディアス、もうそろそろ開場じゃなかったかしら？」

できるだけ親しみを込めて。できるだけ甘く聞こえるように。

そう呼びかけると、彼の金色の瞳がハリエットに向いた。今まで凍えるようだったそれが、日向の光のように柔らかく溶ける。

「そうだね。ごめん、迎えに行けなくて」

「いいのよ。気にしてないわ」

軽く肩を竦めて手を差し出す。

サディアスの腕にもたれかかろうとしていたイーディスに「失礼」と冷たい声で断りを入れ、サディアスがハリエットの手を取る。

ほっと場の空気が緩んだ。

内心誰もがイーディスの振る舞いにうんざりしていたのだろう。そのことが少し意外で、ハリエットはきゅっとサディアスの手を握り返した。

「ごめんなさい、何かお話し中でした？」

遠巻きに見ている野次馬とは違い、この輪の中の人達は、ティターニア曰く『選ばれて』参加していた人達だ。本当に、何か仕事の話をしていたのなら申し訳ない。

それを気遣うように尋ねれば、サディアスがふわりと微笑んだ。

「いや、大したことは話してないよ。我々の結婚生活についてのアドバイスを受けていただけだ」

その一言に、ハリエットはほんの少し頬が熱くなる気がした。

「そうなの？」

「ああ。結婚後何年経っても、恋人同士のように振舞う時間を持つことが大事だと教えてもらったよ」

意味深に彼に手を握り返されて、ますます頬が熱くなる。

貴族社会一般では政略結婚や家の繋がりだけを重視したものが多く、恋愛結婚は少ない。そんな中でも相手を大切にすることが大事だと言われた気がして、ハリエットはなんとなく温かい気持ちでサディアスを見上げた。

「肝に銘じるわ」

サディアスとの視線が絡む。

先刻までとは打って変わって優し気な態度と雰囲気に胸が高鳴りかかったその時。

「まだわたくしの投資に関するアドバイスは終わっておりませんわよ」

冷ややかで耳障りなイーディスの声が割り込んできた。

見れば、高慢に顎を上げた彼女が扇で口元を隠し、睥睨するような視線をハリエットに向けている。

ぞっとするような敵意に満ちた眼差し。

（いっそわかりやすいわ……）

あまりにも直情的なそれを前に、ハリエットは一瞬で自分が冷静になるのがわかった。

手を繋ぐサディアスを見上げる。

「投資のアドバイスをしてるの？」

単なる疑問だったが、サディアスはほんの少しだけ気まずそうな顔をした。

「彼女の管財人が運用を間違えているんじゃないかって、相談を受けたんだ」

「どんな内容？」

さらに踏み込めば、むっとしたようにイーディスが声を荒らげた。

「申し訳ありませんが公爵夫人（ユアグレイス）。これは非常に個人的なことなので」

「あら？　でもこの場でアドバイスを受けておられたのでしょう？　レディ・イーディス。この場には……」

さらりと周囲を見渡して伯爵夫人や子爵夫人を見つけて肩を竦める。

「ご婦人もいらっしゃいますわ」

「……彼女達はわたくしの親友ですの。もちろん、サディアスも」

はっきりと、意図をもって、夫を呼び捨てにされてハリエットは怯むどころか腹の奥に火が付くのを覚えた。

「親友……」

大嘘だと、迷惑そうな顔をするレディ達に同情の眼差しを向け、それからハリエットは煌びやかな笑みを見せた。

「でしたら、サディアスと私は一心同体なので話して頂いても全く問題ありませんね」

何かを言いかけるイーディスより先に、「それで？」と強請るようにサディアスを見上げる。

「いったいどういったご相談？」

「とある企業への投資を見送った方がいいと管財人が判断したが、そこは今、急成長を遂げている会社でね。扱っているのは良質なシルクで、有名なドレスメーカーにも卸している」

なるほど。特に不審な点はなさそうだが、そこへの投資を見送るとは……どういうことだろう。

首を傾げるハリエットに、サディアスはそこが取り扱う絹の産出国が海を越えた諸島だと続けた。

そこでハリエットは納得した。

「なるほど。それは見送った方がいいわね」

あっさり告げるハリエットに、イーディスの顔が引き攣った。

「あなた、何もわかってらっしゃらないのね。こちらの会社が卸す絹がどれだけ上質かご存じないの？

流行のファッションを生み出すマダムのお店とも直接取引をなさってますのよ？」

「直接取引をなさっていようが何しようが、産出国がきな臭いんだからやめたほうがいいに決まってるわ」

あっさり返せば、言っている意味が分からないらしく、イーディスの眉間に皺が寄る。

大抵の貴族のご令嬢は父や兄、弟など自分の家を継ぐ『家長』となる人の庇護のもと生活していることが多い。自分から信託財産の運用に携わる令嬢などそうはいない。

そういう意味ではイーディスは自立した女性を目指していると言えるだろ。

だが、その「自立した女性を目指す」というのが、サディアスに取り入るための方便なのだとしたら……いただけない。そして十中八九、方便なのだろうとハリエットは気付いた。

「そこの諸島では最近、内乱が起きたのよ。新聞に大々的に載ってましたけど見ませんでした？」

ぎくり、とイーディスの身体が強張る。構わずに、ハリエットは先を続けた。

「情勢は大混乱。自分達も生きるか死ぬかという瀬戸際で、生糸や絹を作れるとは思えない。それに、あの国は石炭が大量にとれることでも有名よ。きっとその企業は現地で船会社も経営してるのでしょうね。その国の石炭を使って輸送代も削減していたんでしょう」

でもそれもこの混乱の中では意味をなさない。

内情を鎮めるのに手いっぱいで、更にはこの後どんな国へと生まれ変わるのかも微妙だ。船会社も戦とあっては巻き込まれるのを嫌って撤退させるのが無難だろう。

「そんなきな臭い所を拠点にしている企業に、誰も投資なんかしたくないでしょう？　そうなると資金繰りが厳しくなり、新たに生糸を得られる場所を探して回るのにも苦労するようになる。もちろん、第二、第三の事業計画があるのなら乗ってもいいかもしれないけれど……」

「今の所、そういった話は聞かないし、投資している連中の問い合わせに『問題ない』を繰り返しているだけらしい」

「あらあら。それは……何の根拠もない『問題ない』ね」

肩を竦めてサディアスに相槌を打てば、傍にいた伯爵や子爵が苦笑いをする。

新聞のゴシップ欄しか読まないようなご婦人達は目を瞬くばかりだが、どうやら何か大変なことが起きている、というのは掴めたらしい。

イーディスはといえば、唇を引き結び、真っ白な顔で沈黙している。手袋に包まれた掌を握りしめ、強張った顎から喚きたいのを堪えていると察したハリエットはぐいっとサディアスの手を引っ張った。

「時計が鳴ったわ。開場するみたいだから行きましょう?」

開演一時間前。サロンに六時を告げる鐘の音が鳴り響く。

あれでよかったのかはわからない。

だが、付け焼刃でサディアスを困らせるつもりなら徹底抗戦は辞さないつもりだ。

(だからよかったのよ)

ぐいっと顎を上げてサディアスを見上げれば、彼はどこか誇らしげに、愉快そうにハリエットを見下ろしていた。それから溶けた金色の眼差しにハリエットを映したまま、そっと身を屈めると額にキスを落とした。

「⁉」

ひゃあああ、という溜息にも似た悲鳴がさざ波のようにホールを満たしていく。

真っ赤になって口をぱくぱくさせるハリエットの腰を抱き、サディアスが控えめに視線を逸らす紳士淑女に得意そうに笑って見せた。

「では、我々は席に向かいます。皆様いい夜を」

優雅に歩き出し、ホールを横切ろうとして。

「……――そうですわね」

イーディスの不気味に落ち着き払った声がほのぼのとした空気を切り裂いた。

歩みを止めたハリエットが振り返る。

何を言われるのかと心持ち身構えていると、優雅に扇で顔をあおぎながら彼女が小馬鹿にしたような口調で呟いた。

「型遅れのドレスを着ていても、ボックス席なら目立つこともありませんものね」

ぱきん、と音を立てるかのようにホールの空気が凍り付いた。

サディアス達と談笑をしていた貴族達がぎょっとしたように目を見張り、ひそひそ囁きながら遠くから見物していた連中が愉快そうな顔になる。

そしてその渦中にいたハリエットはというと、どこか信じられないような思いでイーディスを見つめていた。

まさか。よりによって。公衆の面前でご婦人のドレスをけなすとは。

「レディ・ハーグレイブ」

冷たい声が、自分の腰を抱く夫から響いてくる。それにハリエットは我に返った。

だめだ。この喧嘩（けんか）を売られたのは自分なのだ。ならば、受けて立つべきはハリエット自身だ。サディアスに苦言を呈させてはいけない。

それにこのドレスは。

「レディ・ハーグレイブのドレスは最先端の流行の物のようですわね」

サディアスが何か言うより先に、ハリエットが口火を切る。

「とても素敵ですわ」

「まあ、見る目は御座いますのね。おっしゃる通りですわ」

誇らしげに胸を張り、この場の主役は誰なのかと暗に主張して見せる。その姿に、ハリエットは微笑みを浮かべた。

「わたくしはどちらかというと落ち着いた雰囲気のドレスが好みでして。こちらも年代物のドレスをアレンジいたしましたの」

そっと手袋をはめた手でシルクのスカートを優しくなでる。

「まぁ……それで」

憐れむような口調でイーディスが呟き、同情もあらわな視線をサディアスに向けた。

「わたくしなら、型の古いドレスを着たせいで、殿方の財力が疑われるような真似はとてもじゃないけどできませんわ。さすが公爵夫人ですわね」

くすくすと笑うイーディスに、ハリエットはますます確信した。

彼女の頭の中には藁しか詰まっていない。おそらく、とてもいい香りがする藁しか。

まったくもって、頭に詰め込むにふさわしくない代物だが。

「ええ。わたくしはこのドレスが気に入っておりますので。なにせ、先代公爵夫人がお嫁入りの時に着ていらしたドレスですから」

その瞬間、別の意味でホールが凍り付いた。

先代公爵夫人。

今は王都を離れ、静かで温かい領地でのんびりと暮らしているサディアス・クローヴの母。そして。

不意にざわっとどよめくような声がホールに満ち、振り返った貴族達がさざ波のように一斉に最敬礼をする。はっとして視線を上げたハリエットは、高い位置にあるホールの入口に立つ人物を見て大急ぎで深々と膝を折った。

その場に現れたのは、国王陛下夫妻である。

陛下と王妃陛下は周囲を見渡した後、穏やかな表情で告げる。

「皆、楽にしてよい。今日、わたしはこの歌劇の一ファンとしてここに来たにすぎぬからな」

陛下の言葉にゆっくりと空気が緩み、全員が背筋をただす。高位の貴族から国王陛下の元へと大急ぎであいさつに向かう中、ハリエットは「話が違う」とサディアスを睨み付けた。

事前に顔合わせになるとは言われていたが、ボックス席からロイヤルシートの方を見て挨拶をするだけだと思っていたのだ。それがまさかホールにまでいらっしゃるとは想定外も外だ。

「陛下」

だが、サディアスは全くお構いなしにハリエットの腰を抱くと堂々たる足取りで国王陛下の元へと歩いていく。

「お久しぶりでございます」

再びお辞儀をするサディアスに倣い、ハリエットも膝を折って丁寧にお辞儀をする。

「そうだぞ、タッド。このいたずらっ子はわたしの知らぬ間に結婚などしおって」

愉快そうに笑う陛下とその様子に微笑みを浮かべる王妃陛下。

社交界で並ぶ者のいないアッシュフォード公爵相手に「いたずらっ子」などと形容できるのはまず間違いなく祖父母であるこのお二人しかいないだろうと、ハリエットは遠い所で考える。

と、王妃陛下の眼差しがハリエットに向き、驚いたようにその榛(はしばみ)色の瞳を見開いた。

「まあ、そのドレス。もしかしてエリザベートがお嫁入りの時に着ていたドレスかしら？」

懐かしそうに眼を細める王妃陛下にハリエットは震える膝を叱咤(しった)し、精一杯上品な微笑みを浮かべて見せた。

「今日の公演に合わせてドレスを探していました折に、とても素敵なものがクローゼットにあるのを見かけたんです。先代公爵夫人に了承を得て私でも着られるように調整を致しました。こちらは王妃陛下からの贈り物だということで手を入れるのも最小限にしたのですが……」

「いいのよいいのよ。もうあの子じゃ着られないのですから、大胆にアレンジしても構わないわ」

笑いながら王妃陛下が告げる。確かに……確かに、先代公爵夫人は若い頃と比べて幸せな体型になっているが、それを笑うわけにもいかず、ハリエットは必死に唇を引き結んで震わせる。

気付いたサディアスが、肩を竦めて見せた。

「母上もそう言ってましたね。それに、もう着られないドレスを新しくできた義娘に着せて楽しむ趣味ができたと」

そんなことを言っていたのか！　と目を丸くすれば冗談でも何でもないようで、サディアスがにこにこ笑っている。

「王妃陛下からいただいたものもたくさんあるんだ。覚悟してね、ハティ」

「あら、じゃあ私も参加したいわ。いたずらっ子の孫にこんなに可愛らしいお嫁さんがきてくれたんだもの」

目を白黒させているうちに、王妃陛下がハリエットの手を取ってきゅっと握りしめた。

上品なシルクを通して王妃陛下のとても温かい熱がじわりじわりと伝わってくる。

「タッドをよろしくね？」

視線の先に微笑む国王夫妻が飛び込んできて、ハリエットはばくばくする心臓を隠し、真っ白な頭のまま、何も考えず心に浮かんだことを告げた。

「命に代えても、サディアスを護って見せますっ」

言ってから、これでは公爵の妻としてどうかと思うような内容だと気付く。

一気に真っ赤になるハリエットを見つめたまま、陛下が鐘を鳴らすように豪快に笑い、王妃陛下も鈴を転がすように凛（りん）とした笑い声を上げる。

今にも穴を掘って埋まりたいハリエットを抱きよせ、サディアスが額に頬を押し当てた。

「おじい様、おばあ様、これがわたしの妻です。どうか見守っててください」

にっこり笑って締めくくり、陛下と王妃陛下のために一歩退く。

鷹揚（おうよう）に頷き、王妃をエスコートして陛下が歩き出した。ロイヤルシートに向かうお二人を見送った後、ふらつくハリエットの身体をサディアスが腕に力を込めて支えた。

「これで君が正式な俺の妻だと世間に知れ渡った」

ゆっくりと自分たちの席に向けて歩き出す彼に、ハリエットは呻くように答える。

「気の強い女だと思われたわ……私を護ってくれたのはあなたの方なのにッ」

顔を隠したくなる衝動を堪える。そんな彼女にサディアスがにっこりと微笑む。

「俺は嬉しかったよ」

微かに甘い響きを帯びる彼の口調に、そっと顔を上げれば、金色の瞳がまっすぐにハリエットを映していた。

「護るだなんて言われたことが無いからね」

そっと唇が下りてきて、軽くハリエットの唇に触れる。一瞬の、短い、ついばむようなそれ。

だが、ハリエットは不思議と胸の奥が熱くなる気がした。

こちらを見下ろす金色に見惚れながら、ハリエットはそっと囁いた。

「私も……あんな台詞、初めて言ったわ。それも国王陛下相手に」

その一言に、サディアスが先ほどの陛下に似た、でもどこか……見ているハリエットの身体の奥が熱くなるような笑い声を上げるのだった。

いつの間にかホールから人がいなくなり、誰にも声をかけられず一人、フロアにたたずんでいたイーディスはぎりぎりと奥歯を噛み締めた。

去って行く紳士・淑女が見せたのは冷たい眼差しだけだった。

まあ、無理もない。イーディスは公衆の面前でハリエットのドレスをけなしたのだ。

王妃陛下が愛娘(まなむすめ)に贈ったというドレスを。

貴族社会で一番に嫌われるのが、品のない振る舞いだ。それを「王族を貶める」という最低最悪の方法で実施したイーディスの評判は地に落ちたと言っても過言ではないだろう。

もちろん、彼女と付き合うことでメリットのある者はこれからも寄ってくるはずだ。だがもう、「彼女自身がメリットだと感じる人間」とは、付き合える可能性は極めてゼロに近くなった。

それでもイーディスの腹の中に渦巻いていたのは今後どうしようか、というものではなくただひたすらに、ハリエット・フォルトを蹴落とすことばかりだった。

あの女さえいなければ……。

あの女さえいなければッ！

いつの間にか、綺麗に整えられていた爪を噛み、ひたすら憎悪を募らせる彼女は、不意に「レディ」と声をかけられて振り返った。

そこには薄い茶色の髪と同系色の口髭を生やした、五十代くらいの男が立っていた。

「なにかしら」

冷たい一瞥をくれてやる。と、男はすっと背筋を正し、胡散臭い笑みを浮かべた。

「わたしはシェイタナと申します、レディ。実はあなたに……とてもいい提案があるのですが、興味はおありでしょうか？」

6. 木漏れ日の昼と不穏な夜

劇場での一件が功を奏したのか、ハリエットに関する噂はたちどころに消えた。

社交界の面々は掌を返したように、アッシュフォード公爵夫人に気に入られようと数々の招待状やら手紙やらを、前にもまして送り付けてくるようになった。

サディアスはすべてを無視したいようだったが、ハリエットが「そういうわけにはいかない」と腰に手を当てて訴え、渋々……本当に渋々……サディアスのお眼鏡にかなった人物の招待を受けることになった。

そんな彼でも機嫌が急上昇する時があった。

「やっぱり、ドレスはフルオーダーに限るよね」

ぎらぎらとした夏の日差しがまだ元気のない午前中。公園に行こうとサディアスから誘われたハリエットは、彼が漕ぐボートの上で呆れたように溜息を吐いた。

「まさかデイドレスまで新調するなんて思わなかったわよ」

王都の中央にある大きな公園は自然そのものといった雰囲気を持っている。あちこちに背の高い草や花に囲まれた小道があり、明るい林の先には大きな池があった。

瓢簞(ひょうたん)のような形をしたそれの、細くくびれた場所に手漕(てこ)ぎボートで行ったハリエットは、ところどころ深くなっている池の水底を眺めながら、そっと水面に手をくぐらせた。

「最初に言っただろ？　フルオーダーした物を贈りたいって」

顔を上げれば、木漏れ日の下でサディアスがにこにこと笑っている。

どうやら彼は、自分が贈ったドレスを妻が着て歩くことに喜びを見出しているらしい。

今日のハリエットの装いは、夏らしくレモンイエローとオレンジが基調となったドレスで、首もとまでしっかりとボタンが止まっている。

半袖だが肘まである手袋をはめて、ボンネットを被って座るハリエットに、夫はうっとりした視線を送っていた。

対してサディアスは、夜会や舞踏会とは違って多少くだけた格好で、ブルーグレーの上下に銀色のウエストコート、真っ青なタイという装いで立ちだ。

ハリエットを乗せたボートを漕ぐのに、ジャケットは脱いでシャツの袖をまくっているため、健康的な肌色の両腕がよく見える。

硬く締まった、決して細くはない腕に抱かれているのだと気付き、かあっと身体が熱くなる。

「既製品の物で衣装ダンスが埋まってたのを忘れたの？」

頬の赤みをごまかすように、レティキュールから扇を取り出して顔をあおぐ。

日差しが熱いようなそぶりをして見せれば、オールを動かすのをやめたサディアスが小首をかしげていたずらっぽく笑った。

「忘れた」

「もう」

持っていた扇で、ぱしり、と彼の膝を叩けば完全に船を止めたサディアスが、金色の瞳で真っ直ぐにハリエットを見つめる。

「大急ぎで取り寄せたドレスも……俺が選んだんだから君に似合って当然だった」

ものすごい自信だ。

なんとなくいたたまれない気分になって口を引き結んでいると、彼はうっとりした様子で続ける。

「でも……今日着ているドレスは、とても……身体にフィットしているし、すごく禁欲的な形なのに、今すぐそれを脱がせて乱したくなる」

今度こそ、誤魔化(ごまか)せない勢いで頬に血が昇った。それと同時に、彼がいうところの『禁欲的なドレス』の下の、彼しか満たすことのできない空洞が切なく痛む。

それを必死になだめるように、ハリエットは目を三角にして怒る。

「そういうことを、真昼間っから言わないの！」

赤い頬を膨らませて訴える彼女に、しかしサディアスは「可愛いなぁ」くらいの感想しか抱かないようで、長い脚を組むとその膝の上に肘をつき、手の甲に顎を乗せてにこにこと笑うのだ。

「ずーっと思ってたよ？　図書館でも、君の隣に座らないようにして必死に誤魔化してたけど」

「タッド！」

「仕方ないだろ。俺だって健康的な成人男性なんだから」

肩を竦め、彼はじっと金色の瞳で、ハリエットの頭のてっぺんからつま先までなぞっていく。

「編み込んでる秋の小麦畑みたいな綺麗な色の髪を解いて、指に絡めてキスをする。それから首まできっちり留まっている襟の、レースに隠れたボタンを外して、背中に手をまわしてゆっくりと脱がせていく。途中でコルセットの紐を解いて……腰の辺りまで引き下げて……薄いシルクとレースの下着を引っ張って」

「サディアス・クローヴ！」

悲鳴のような声で叱責する。

途端、笑い声を上げたディアスが、揺れるボートを無視してハリエットの手首を掴んで引っ張った。

今度こそ、ハリエットの唇から悲鳴が漏れる。

彼に向かって倒れ込み、その身体に腕を回したサディアスが、もがくハリエットを上手に誘導し、彼の胸に背中を預けるようにしてどうにか膝の間に収まった。

「もう！　ひっくり返ったらどうするのよ！」

被ったボンネットの縁から後ろの彼を見上げて怒れば、相手はどこ吹く風でオールを手にほんの少し漕いだ。するりと、ボートは更に細い場所へと進んでいく。

どうやら池にそそぐ支流へと向かっているようで、頭上には、両岸から張り出した木々の枝がトンネルを作り出すように絡み合っていた。

オールを止め、流れているのかいないのか、という水面をボートが漂う。

ハリエットを後ろから抱きしめるサディアスが、ゆっくりと手を伸ばした。

「あ」

「ボタンは外さない。どこで誰が見てるかわからないしね」

いいながら、ドレスの上からゆっくりと身体をなぞる。固いコルセットに触れ、サディアスがむっとしたように耳元で囁いた。

「こんなものが君の身体を終始締め付けているのかと思ったら腹が立つ」

「……何に嫉妬してるのよ」

呆れて言えば、彼は片手を持ち上げて、顎の下で結ばれているリボンを引っ張った。

あっという間にボンネットを脱がされ、サディアスの唇が耳殻に触れる。

「んっ」

びくりと身体がしなり、胸元に置かれた彼の両手に胸を押し付ける形になる。固い生地に護られている柔らかな果実を撫でながら、ますます不服そうに耳元でサディアスが訴えた。

「これが無ければ俺達二人ともっと気持ちよくなれるのに」

耳元で甘い声がささやき、ぞくりと腰から脳天にかけてしびれが走る。それと同時にぎゅっと胸を掴まれて何層もの布の下にあるはずの肌が、期待するように熱くなった。

「ダメ……だってば」

彼に耳を責められ続ければ堕ちてしまうと識っているハリエットは、悪さをする両手を引き剥がそうとする。同時に、追う唇から逃れるように身体を捻れば、背後の夫が妖しく笑うのがわかった。

「知ってる？　ハティ」

声に獰猛な色が宿る。

「男って、逃げられると追いたくなるんだよ？」

するりと膝裏に手が回り、ゆっくりと持ち上げられる。

「や」

ぎょっとするハリエットをよそに、サディアスはさらさらと雪崩落ち、幾層にもなるペチコートをかき分けてそっと彼女のドロワーズに触れた。

「だ、ダメ！　タッド！」

いくら人目に付かないような、木々の張り出した暗い淵にいるとはいえ外で両膝を割られているなんて恥ずかしすぎる。必死にスカートの裾を抑えて露になる部分を隠そうとするも、触れている男は手を離そうとしない。

「何してるのよ！」

真っ赤になって背後にいる夫に怒れば、彼はそんな彼女の唇をキスで塞いでしまう。

彼の硬い指先が、柔らかなシルクの下着の上から秘裂を愛撫し始め、花芽が期待に震え始める。布越しの甘く、もどかしい刺激にハリエットは眩暈がした。

先ほど、サディアスの腕に抱かれる姿を思い出して切なく痛んだ空洞が、今度こそ主張を始める。

コルセットなどものともせず、彼の熱い掌が柔らかな胸を愛撫し、口づける舌は甘く絡み合う。

脱がさない、という宣言通り、サディアスは服の上からハリエットの身体を愛し、布越しのため、やや乱暴なそれに、恐怖よりももどかしさが募っていく。

とうとう、強くひっかくように花芽を刺激されてハリエットの身体が震えた。

「だめ……」

キスの合間に必死に抵抗するが、それすらも彼を刺激するようで、胸から離した手を、唯一肌が露出しているハリエットの腕へと滑らせた。

手袋の端に指をかけてゆっくりと引き下ろす。現れた肌を意味ありげにサディアスの指が撫でた。

秘所を愛撫するもう片方の手は止まらず、たまらずハリエットは腰を引いて逃げようとする。だがそうすればするほど、執拗に彼の指が花芽を刺激し、甘い声が囁くのだ。

「可愛いハティ。このままイって？」

こんな戸外で、そんなはしたない真似できっこない。

だがサディアスは手を止めず、ハリエットを高みへと押し上げていく。どうにか快感から逃れようとするが叶わず、ハリエットはとうとう、彼の手技で限界へと押し上げられてしまった。

甘い悲鳴が零れる寸前、彼女が達するのに気付いたサディアスが深くキスをする。

身体を震わせ、強烈な解放感のあと荒い呼吸を繰り返しながら、ハリエットは広げられた脚をどうにか元に戻した。

(一言文句を!)

こんな場所であんな真似をされたのだ。怒る権利はある、と勢い込んで振り向けば、切羽詰まったようなサディアスの瞳にぶつかり息を呑んだ。

ふと、腰の辺りに硬い高ぶりを感じ目を瞬く。

それから、何とも言えない複雑な顔でサディアスを見た。

「……そんな顔するなら最初からしなければいいのに」

「……実は自分でも驚いてる」

かすれた声が意外な言葉を告げ、目を丸くするハリエットの細い腰に両手を当てた。

「君だけ気持ちよくして耐えられると思ったんだけど……」

「ええ?」

「誤算だ」

そのまま再びキスをされ、達しはしたが物足りなく、熾火(おきび)がくすぶる身体の奥にまた熱を注がれる。

「ハリエット」

身体から力の抜けそうなキスの後、今度はサディアスが懇願するように告げる。

「したい」

がこん、と軽くボートが岸に当たる。夏の風が吹き抜け、木立がざわりと葉擦れの音を立てる。静かすぎる岸辺で、ハリエットは耳元で鳴り響く鼓動を聞く。

「だ……」

「だめ？」

「み……見られたら……」

ついっと顔を上げたサディアスが周囲を見渡す。そのたくましい首筋にハリエットは視線を奪われた。あそこに唇を寄せて……吸い上げて……。

「まだ時間も早いし、ここまで誰にも会わなかった」

見つめる金色の瞳に、ぞくりと身体が震える。

確かに貴族階級の人間は夜遅くまで活動するので、朝は遅い。広い公園をこんな所まで来る人はまれだろう。

「で……でも……」

「ハリエット……」

懇願を含んで甘い声で囁かれ、更には熱っぽい眼差しで見つめられて。

断ることができるほどハリエットは禁欲的ではない。

それに、サディアスのことが好きで、彼との行為の甘さと快楽を識ってしまった以上、期待に身体が疼くのも当然だった。

「ハティ」

耳元で名を囁かれ、先ほどの余韻がぶり返して身体の奥が熱くなる。ハリエットの瞳の奥に、熱っぽい揺らめきを見つけたのか、サディアスが妖しく微笑んだ。

「こっち向ける?」

熱すぎる大きな手がハリエットの腰と手を支えて、ゆっくりと反転させられる。

彼の身体に正面から抱き着けば、彼はボートの浅い船底に身体を横たえていく。クッションを首と背中に当てて寝そべる彼の腰をまたぐように座り、ハリエットは眩暈がした。

「サ……サディアス……これ……」

「これなら見えないだろ?」

多すぎるスカートの布をかき分けて彼の手がドロワーズにかかる。先ほどは布の上から触れていた指がドロワーズのスリットにかかり、熱く潤っている蜜壺へと侵入してきて、びくりとハリエットの身体が震えた。

溢れる蜜をゆっくりとかき回し、刺激に尖る花芽にまとわりつかせていく。

ゆっくりとした彼の手の動きに、再びじわじわと快感を掻き立てられ、ハリエットは唇を噛んだ。

気を抜くと声が出てしまう。

やがて指が増え、暴かれる感触に腰が震え出すと、責め立てていた彼の手がゆっくりと離れた。

「あ……」

寂しさに、切ない声が漏れる。

だがそれも一瞬で、指よりももっと硬く熱く、そして太いものが濡れて震える蜜口に触れた。

じらすようになぞられ、ハリエットがそろりと腰を落とす。

次の瞬間、下から一気に奥まで貫かれた。

「ああっ」

頭が真っ白になりそうな、待ち望んだ衝撃に彼女の腰が反る。サディアスの胸元に置かれた手がぎゅっとシャツを握り、続いて、熱すぎる楔でリズミカルに下から打ち付けられて、むず痒(がゆ)いような快感に頭が痺れていく。

「あっあっあっあ」

極力声を上げないようにしながらも、それでも漏れる甘い嬌声。半分瞼の落ちた眼差しでサディアスを見れば、先ほどと変わらぬ格好で、それでもうっすらと目元に朱をはいたような姿が飛び込んできた。きゅうっと身体の奥が締まる。

「っ」

途端、突き上げる動きが更に激しくなった。

「ひゃあ」

喉を反らして、思わず悲鳴のような声を上げたハリエットは、揺らぐ視界に夏の青空とそれを遮る絡み合った木々の枝を見て、どきりとした。

そうだ。ここは『外』なのだ。

途端、羞恥からなのか、恐怖からなのか、更に身体の奥がきつくなり、奥を占めるサディアスの存在をより一層感じてしまう。

そして、彼女の鼓動を感じたように、その締め付けを喜ぶように、サディアスがますます激しく下から突き上げてくる。

「あ……っ……や……深い……」

自重で普段よりももっと奥に身体が落ちる気がして、たまらずハリエットが身体を伏せる。途端、なだめるようにサディアスが、ハリエットの艶やかな唇に噛みついた。

「ん……ふ……」

「んっ」

甘く舌が絡まり、腰の奥に溜まるぞくぞくした熱を刺激する。急激に高まるそれから逃れるように身体を捻るハリエットの、その腰をしっかりと掴んだサディアスが、一際強く打ち付けるから。

「んんんっ」

くぐもった悲鳴が塞がれた唇から漏れ、それを飲み込む男はきつく締め上げる膣内(なか)を激しく攻めたてた。

どこにも逃げ場のない、追いつめられていく感触。

怖いと思うが、ぼんやりと霞(かす)む彼の顔も、熱に浮いたように、何かを堪えるような表情をしているので、ハリエットはじわりと喜びのようなものを覚えた。

この人がこんな風になっているのは、私のせいなのだ。

やがてぎりぎりと巻き上げられたものが、耐えられず弾けるように、ハリエットの身体が大きく震えた。爆発的な解放感に、くぐもった悲鳴が漏れる。

それに応えるように、熱く滾(たぎ)っていた彼の楔が震え、ハリエットの隘路(あいろ)を更なる熱が満たしていく。

身体の一番深い場所でつながり、互いの温度を分かち合う。

やがて強烈で鮮やかな快感が去ると、身体の上に臥(ふ)せったまま、ハリエットは小さく笑った。

「もう……」

何に対する叱責なのかわからないが、それでもこんな場所でこんな真似をして、諫(いさ)めなければいけないと思ったのだ。

「……ごめん」

それにサディアスが素直に謝るから。どんな顔をしているのだろうかと、ゆっくりと身体を起こせば、彼は下からうっとりしたような視線でハリエットを見つめていた。

「でも……一糸乱れぬ格好で、肌だって腕しか見えてないのに」

言って、彼はゆっくりとハリエットの手を取り、手袋を脱がされた手首へと唇を寄せる。

「こんなに清楚(せいそ)で凛としてるのに……たった今俺に暴かれて、深く繋がってるなんて……」

見てるだけでぞくぞくする。

そっとかすれた声で囁かれて、ハリエットは真っ赤になった。

「そ、それならタッドだって」

自分を乗せている彼も、きちんとウェストコートとシャツを着て、更にはタイまで締めている。

乱れた様子などないのに、ただ視線だけが熱く滾っている。ずくん、と身体の奥が再び熱くなり、それが筒抜けなサディアスが目を見張り、妖しく笑った。

「もっと欲しいの？」

「ち、ちが」

真っ赤になって反論しようとして、不意に甲高い笑い声が、岸辺に満ちていた静寂を切り裂いた。

（誰か来た⁉）

慌てて彼の身体から離れる。濡れた感触など気にしている場合ではない。必死に態勢を立て直せば、ゆうゆうと起き上がったサディアスが涼しい顔で身だしなみを整え、ハリエットは直視できずに真っ赤になって周囲に視線を走らせた。

幸い上にいたハリエットは髪を乱すこともなく、涼しい風に少し前髪が乱れた程度だ。

だがいたたまれずにせっせと襟やら裾やらを直していると、つと身を乗り出したサディアスが、ぐいっと彼女の肩を抱いて引き寄せた。

驚いていると、彼は遠くを透かし見るような眼差しで、声がする方を見つめている。全身で警戒し、ハリエットを胸元に抱き込む。

「タッド？」

「こんな……襲われてました、みたいな顔、他の男に晒すわけにはいかない」

「⁉」

口をパクパクさせていると、狭い支流の向こうにボートがゆっくりと姿を現した。合計で三艘。

パステルカラーのドレスの海と、それをエスコートする紳士達。

彼らはこちらに気付かずに、大きな池の縁を回って通り過ぎていく。

「……こっちには来ないみたいだね」

木々の絡むトンネルの下、息を呑んでいたハリエットはサディアスのその一言にほっと力を抜く。

それから思いっ切り彼を睨みつけた。誰のせいでこうなっているのか。

だが彼は、吹き抜ける涼しい風と同様に、目を細めて再び船底へと寝っ転がった。

「連中に鉢合わせるのも嫌だし、しばらくこうしてようか」

のほほんと告げて笑って見せる旦那様に、ハリエットは呆れてしまった。

だが、人が来たことで一気に高まっていた緊張がその一言で解け、達したばかりの気怠さがじわじわと身体を包み込むのもわかった。

伏し目がちのサディアスが両腕を伸ばすのを見て、ハリエットはふっと身体の力を抜くとゆっくりとサディアスの身体の上に身を預け、鳥のさえずりと梢の葉が揺れるかすれた音を聞きながら、目を閉じる。

数分と経たないうちに、ハリエットはまどろみの中に落ちていった。

公爵夫人として参加するパーティの三回目。

某伯爵夫妻の舞踏会に参加したハリエットは、笑顔を張り付け、主催の伯爵夫人とそのご友人達と必死に談笑をしていた。

令嬢の頃とは違い、結婚すると話題の内容がだいぶ変わるようで、刺繍のパターンについて熱心に話すご婦人方に、ハリエットは妙に感心してしまった。

単純に刺繍のステッチにパターンがたくさんあるとは知らなかったのだ。

話すというよりはふんふん聞いていると、不意に名前を呼ばれて腕を取られた。

「ハティ」

振り返ると優しい笑顔の夫が。

（な……慣れないッ……！）

今まで熱心に話し込んでいた伯爵夫人やご友人たちがほうっと溜息を吐く。それから微笑ましいものを見た、というような空気がじわじわと伝わってきて、ハリエットは耳まで赤くなった。

「申し訳ありません、少し妻をお借りしても？」

礼儀正しく腰を折ってお辞儀をするサディアスに、ご婦人達は「どうぞどうぞ」と笑顔でハリエットを送り出す。

「向こうで商談してたんじゃないの？」

ハリエットの手を取り、サディアスは自然と彼女をワルツに誘う。タイミングよく次の曲がかかり、滑るように彼のリードに乗って踊り始めた。

「向こうで商談していたらいやな奴を見かけてね」

くるりと彼の腕の下を回る。

「いやな奴？」

「ああ」

「……それは……あなたにとってはさぞかし多いでしょうね」

考えながらそう答えると、ハリエットの腰を支えるサディアスが思わず吹き出した。

「確かにそうかも」

視線を上げれば、彼の金色の眼差しが冷たくホールを眺め渡しているのが見えた。

国王陛下、王妃陛下と話す際、彼はとても温かみのある眼差しと微笑みを浮かべていた。いたずらっ子と言われて苦笑する姿に、親しみすら覚えた。

今見せているような冷酷ともいえる表情など欠片もなかったのだ。

では自分相手にはどうだろうか。

「その中でもとびっきりにイヤな奴を見かけたんだよ。だから、この一曲が終わったら帰ろう」

眉間に皺を寄せて淡々と告げるサディアスに、ハリエットは「そうね」とあっさり答えた。

彼の視線がハリエットを映す。

途端、どきりと心臓が高鳴った。

先ほどの冷たさなど全くない、夕日が辺りを染め上げるような温かな金色が自分を映している。ふわりと微笑むサディアスが、そっと彼女の細い腰を撫でた。

「うん。帰って……一緒に踊ろうか？」

言外に含まれている甘さに、気付けないほどハリエットは察しが悪くない。だが悔しいので顎を上げてわからないふりをする。

「では誰かにピアノを弾いてもらわないと。場所は舞踏室（ボールルーム）でいいかしら？」

澄まして告げれば、妖しくサディアスが笑う。

「ピアノはいらない。二人で踊ろう」

「どうやって？　伴奏なしで踊るのは無理じゃないかしら？」

「無理じゃないだろ。この間、君は俺の上で……」

先日のボートの件を示唆されて、軽く足を踏んづける。言葉を切ったサディアスが片眉を上げた。

「酷いな」

「どっちがよ」

「もちろん、君だ」

くるりと強引に振り回されてターンする。ハリエットの唇から笑いが漏れ、じわりと温かなものが胸に込み上げてくるのがわかった。

やがて音楽が最後のフレーズを奏で上げ、二人の身体が緩やかに制止する。微笑んでサディアスを見上げたハリエットははっと凍り付いた。

酷く冷たい眼差しで彼が一点を睨んでいたからだ。振り返り、ハリエットの若葉色の瞳がサディアスの見ている炯々と明るい、金色の炎が燃える瞳。ものを捉え、ひゅっと息を呑んだ。

人垣の間に、こちらを暗い眼差しで見つめる男が一人。

歳は恐らく五十代。その歳にしては、精悍(せいかん)な身体つきで、中年男性にありがちなお腹が出ていることもない。口髭と同じ栗色の髪を後ろになでつけ、きちんとした身なりでいると、ご婦人方が寄っていきそうなある種の男らしさがある。

だがハリエットは知っていた。

あの顔が欲望に歪み、目をギラギラさせてこちらを映し、全身をねめつける姿を。

(……ロバート・シェイタナッ！)

お腹の奥に突然、冷たい塊が現れ全身が凍っていく気がする。

それと同時に、あの日の出来事が一気にハリエットの脳裏によみがえった。

7. 始まりの日は雨

兄から多額の借金を作ってしまった旨を説明されてから三日目。

当の本人は何の連絡も寄越さないが、タッドからは準備ができ次第迎えに行くと伝言が来ていた。

彼を待つ間、普段と変わらずに領地関連の書類を眺めたり、本を読んだり、手元にあった刺繍を刺したりしていたが、胸の内に巣くっている不安がそのどれもを中途半端にさせている。

とうとう集中できず、ハリエットは読みかけの本を置くと立ち上がった。

すでに日は暮れ、恐らく今日の来訪はないだろうと自室に下がって着替えをする。そのまま窓へと向かい、外に目をやった。

長い夏の日はゆっくりと暮れ、遅い時間まで空は青味（あおみ）を残すのだが、今日は分厚い雲に覆われて暗い。天井までの高さがある大きな窓から外を眺めていると、生暖かい風が目の前の木々を揺らし、ぽつりとガラスに雫が当たるのが見えた。

やがて叩きつけるように雨が降り始める。

兄は一体どうやって借金を返済するつもりなのか。そして明日はタッドが来てくれるのだろうか。

（……結婚……）

明るい夏の日差しの下、跪いて手を取られ、プロポーズされるなんて自分の人生に起きるとは思っていなかった。

傍らに束ねられているカーテンをぎゅっと握り、ハリエットはお腹の奥が震えてふわりと浮き上がるような感触に目を閉じた。

兄は怒るだろうか。いや、そんなことはない。シェイタナとの結婚を阻止するために彼は今、全力で借金を返済する方法を探しているのだ。

ではシェイタナはどうだろか。

(私が結婚して処女ではなくなったと知ったら……多分怒り狂うでしょうね)

返済を求めて兄に執拗に迫るかもしれない。

でもそれはもう覚悟の上だ。

借金を作ったのは兄で、彼はそれを自力で返そうと奮闘している。兄を救うためにハリエットはシェイタナと結婚しようかと、確かに考えた。

だがタッドと話をして考えを改めた。自分が犠牲になったところで兄は喜ばない。

喜ぶわけがない。

確かに兄はお人好しで騙されやすい。だが、その為だけに、妹を売り飛ばすような人間ではない。

それなら兄の言葉を信じて待つのが、ハリエットにできる最大限の信頼だ。

(私が処女を捨ててタッドの奥さんになったら、私も借金返済に力を注ごう)

何ができるかはわからないが、聡明で穏やかな夫がきっといい案を出してくれるはずだ。

屋敷の人間に手出しできないよう、彼らの再雇用先も考えなければ。その前にまずは、自分が純潔を捨ててシェイタナに一矢報いなければ……。

そんなことをとりとめもなく考えていると、妙にに階下が騒がしいことに気が付いた。

誰かが大声で喚いている。

（まさか……！）

部屋着の上からガウンを羽織り、その裾を翻してハリエットは自室を飛び出す。

途端、喚き声がもっと大きく耳に届き、短い廊下を駆け抜けて、彼女は階段の手摺から身を乗り出して玄関ホールを見た。

そこには、ずぶぬれのコートを脱いで執事に押し付ける、背の高い男性が。

（あれが……！）

胸を張って拒否を示す執事に苛立ち、男は勝手に傍にあったコートかけに自分のコートをかける。

それから改めて執事の前に立つと、負けじと胸を張った。

「わたしはレディ・ハリエットの婚約者だぞ!?　そこをどけ！」

その単語に、さあっとハリエットの顔から血の気が引く。

婚約者。

なるほど、そういうことになっているのか。

「申し訳ありませんが、旦那様（サー）。我々はお嬢様が婚約したなどというお話は聞いておりません」

静かに突っぱねる執事の、揺るがない対応にハリエットは目頭が熱くなった。見渡せば、いつの間にか従僕やメイドがずらりと並び、徹底抗戦の構えを見せている。

ハリエットは視界を覆う霞（かすみ）を払うように、何度も瞬（まばた）きをした。

領民と同じように、ハリエットは屋敷で働く使用人達にも評議会のようなものを作っていた。各仕事の代表者を集めて、様々な意見を聞き、不具合を解消しようとしてきた。

その行いが彼ら、彼女らの信頼を勝ち得るのに一役買ったのだ。

「……ここの屋敷の主に聞いてみろ。わたしがレディ・ハリエットの婚約者だとすぐに認めるだろう」

シェイタナが声高に訴える。

（あんな莫大（ばくだい）な金額、返せるわけがないと思ってるのね）

それでも、天文学的な金額でない限り、無理ではない。

「主がお戻りにならないと、何とも申し上げられません」

冷え切った声で執事が返す。途端、今までなんとか冷静を保っていたシェイタナの顔が憤怒に歪んだ。

「いいから黙って俺を通せばいいんだよ！　お前らのような下等な人間と話していても無駄だ！　そこをどけ！」

いきなり執事に掴みかかる。わっと従僕たちが彼に群がり、あわや乱闘かというところでハリエットが声を上げた。

「やめなさい！」

「お嬢様⁉」

「出てきてはいけません！」

悲鳴のような声で家政婦頭が叫び、従僕の一人が血相を変えて階段下に走り寄る。それを首を振って制止し、ハリエットは胸を張ると、堂々と階段を降りた。

シェイタナが突き飛ばすように執事を離す。

彼から数歩離れた位置でハリエットは立ち止まった。両脇でぐっと両手を握りしめる。それから優雅に膝を折ってお辞儀をした。

「はじめまして。ミスター・シェイタナ。どのようなご用件でしょうか」

すっと背筋を伸ばして顎を上げる。つんと澄まして尋ねれば、シェイタナが目を伏せ口髭に手をやった。

「婚約者の家を訪ねるのにどんな理由があるというのかね？」

口の端を引き上げ、ニヤニヤ笑う。

ぞっと身体を怖気が走るが、ハリエットはお腹に力を入れて堪えた。確かに見てくれは悪くないのかもしれない。自分でモテる男だと自負しているのだろう。

だが濃い赤の上着と、白いストライプの入った同色のベスト、そして黄色いネクタイを締める姿に、ハリエットは嫌悪しか覚えない。

今すぐくるりと背を向けて走り去りたくなるのを必死に堪え、ハリエットは冷たい笑みを張り付けた。

「私はあなたと婚約した覚えはありませんが」

「兄上からお聞き及びではありませんか？　逃げ回っているリズヴォード伯爵が、わたしとあなたの婚約を認めたのですよ？」

甘ったるい声が勝ち誇ったように告げるも、ハリエットは一切表情を変えなかった。

「兄から聞いているのは、借金を返済するという旨だけですわ」

「だったら今すぐ、ここに、金を持ってこい！」

唐突にシェイタナが喚いた。まくしたてるような早口。びくりとメイドの一人が身体を強張らせるのを視界に納めながら、ハリエットはどんどん自分が冷静になっていくのを覚えた。

「どうして今すぐお金を用意しなければならないのでしょうか。兄から期限は一週間と聞き及んでおります」

厳かに告げ、ひたりとシェイタナを睨む。

「それともなにか……あなた様の方に不都合が？」

ほとんどはったりのようなものだった。

だが、半分は確信を突いていると思う。

何故なら今日読んだ新聞に、とある国で内乱が勃発し、石炭の輸出が極めて困難になったと報じられていたからだ。

兄の話では、シェイタナは海運業を手がけているらしい。だがその蒸気船を動かす燃料が届かない、あるいはその燃料を商売にしているのだとしたら何かしらのダメージを受けたのではないかと考えたのだ。

案の定、プライドの塊のようなシェイタナの表情に一瞬だけ屈辱的な色がよぎった。

なるほど。彼は自分の事業が瀬戸際なのを知って、借金の取り立てを強化してきたのか。

だが、返済期間や金額を記した証文の写しはこちらにもある。

兄に口を酸っぱくして「証文は二枚作らせて、きちんと控えを貰ってこい」と常々言い続けたのが功を奏した。

「女が男の仕事に口を出すな！　こちらはリズヴォード伯爵と契約を交わしている。あなたでは話にならない」

「借金の取り決めが書かれた証文はこちらにもあります。弁護士を呼んで、再度検討いたしますので今日はお引き取りを」

ぴしゃりと告げれば、シェイタナの顔が再び歪んだ。

あっと思う間もなく、手首を掴まれ引き寄せられる。

必死に足を踏ん張って抵抗するが、長い腕が伸びてハリエットの腰を捉え身体を引き寄せられた。

顔が近寄ってくる。

甘ったるい香水の香りがして、ハリエットは吐きそうになった。むしろこの得意そうににやにや笑い、強引にキスしようとしてくる顔を吐しゃ物まみれにしてやった方が、心身共にすっきりする気もする。

だがハリエットは堪えた。

代わりに、掴まれていない方の手を拳に握りしめて肘を引くと、横っ腹に鋭い一撃を食らわせた。うげ、という品のないうめき声と共に力が緩む。

その瞬間を、ハリエットは見逃さなかった。

長いドレスの裾などお構いなしに、思いっ切り膝を蹴り上げ男の股間へと見事的中させたのだ。

腕を掴む手から力が抜け、シェイタナが情けなくその場に頽れる。振りほどき、ハリエットは大声で叫んだ。

「お話は承りましたのでこの屋敷から出ていって頂戴！　ヒューズ、弁護士先生を呼んできて」

「イエス、マイレディ！」

他の人間が聞いたら「軍隊か？」と首を傾げそうなほどはきはきした返事が執事から飛んでくる。それを背に、身をひるがえしたハリエットは自室に戻ろうとして。

「待てえええええ！」

大地を這って響く地鳴りのような怒声が届き、驚いて振り返ったハリエットは、口角泡を飛ばして手を伸ばすシェイタナを見て目を丸くした。

慌てた従僕が抑えにかかるが、怒りに我を忘れた男がそれをいとも簡単に振り払う。

「お前は俺の妻だ！　大人しく言うことを聞けえええええ！」

ホールの高い天井一杯に彼の絶叫がこだまし、なおも鉤爪のように指を折り曲げた両手を伸ばして迫ってくる。一番体格のいい従僕がシェイタナを後ろから羽交い絞めにするが、一瞬前に彼は懐から拳銃を取り出し、抑えられた腕を振り回して発砲した。

きゃあっと悲鳴が上がり、弾が上部の柱に着弾する。

なおも喚くシェイタナから慌てて後退り、ハリエットは唇を噛んだ。

この男を外に放り出しても、自分がここにいる限り迷惑千万な行為を繰り返すのだろう。止めようとする使用人達に怪我をさせるわけにもいかない。

彼らの主は自分なのだ。

（大丈夫）

タッドからの手紙を届けてくれた少年は、屋敷のある高級住宅街からそう離れていないホテルの見習いだった。

ということは、彼はそこに留まっているのだろう。

走れば十分くらいでたどり着く。

外は雨で、街路を歩く人もいない。貴族が住まうこの地区で、誰かに見咎められる可能性は低いはず。

これ以上彼らを危険にさらすわけにはいかない、とハリエットは覚悟を決めた。

執事がこっちも飛び道具が必要だと、ライフルを取りに行こうとして、走るハリエットに気が付き声を上げた。

「お嬢様⁉」

「弁護士と警察！」

振り返りもせずそう怒鳴り返し、ハリエットは部屋着に室内履きという格好で外へと飛び出した。

我を忘れたシェイタナの、ハリエットを呼ぶ声がする。まるで地獄の番犬の吠え声のようだ。

ぶるりと身を震わせてそれを振り切り、彼女はひたすらに通りを駆け出した。

シェイタナが執着しているのはどういうわけかハリエットだ。何がそれほどシェイタナの欲望を刺激するのか全然理解できないが、身に危険が迫っているのは理解できる。

ぬるい夏の雨が、走るハリエットの顔にうっとおしく降り注ぐ。

ずぶぬれになりながら、彼女は必死に走った。室内履きはそれほど足を護ってはくれないが、どういうわけか痛みは感じなかった。

代わりに、心臓が耳元に移動したのではないかと思うくらいやかましい。

視界は狭まり、ただ目的だけを見据えて一直線に走り続ける。

やがて、大きな馬車道に出ると、ハリエットはまばらに人が歩く通りをホテルに向けて右に曲がった。

途端、一台の馬車が急停車をした。

はっと顔を上げると、いななく馬の持ち上がった前足と、大きく揺れるランプの灯りが目に飛び込んでくる。慌てて下がれば、御者が何か叫ぶより先に、客車のドアが開き叫び声が響いた。

「ハティ！」

それは過分に切羽詰まっている。

「ハティ！　ハリエット！」

ステップを降りるのももどかしそうに雨の中に飛び降りる黒い影。

その声を聴いた瞬間、どっとハリエットの身体から力が抜けた。

「タッド……」

信じられないくらいか細い声が出た。それがあまりに情けなくて、どういうわけか笑いが込み上げてくる。

「タッド！」

足を止め、笑いたくなるのを堪えて荒い呼吸を繰り返していると、自らの上着を脱いだ彼が、ハリエットの身体にかぶせ力いっぱい抱きしめた。

「ハティ……どうした？　何があった⁉」

彼の声は震えている。

「どうしたも何も……それより……凄（すご）い偶然……」

対して、あはは、と乾いた笑い声を漏らしたハリエットが必死に顔を上げると、ふわりとタッドの手が頬に触れた。

暗くて彼の表情は見えないが、かすかに震え、でも優しくなでる掌の熱さが冷たい肌に染み入るようで、ハリエットは長い長い吐息を漏らした。

「……話は中で聞くから、まずは乗って」

濡れたまま街路に立たせるわけにはいかない、と囁き、タッドが彼女の身体を抱えたまま歩く。

「それに……誰が君を泣かせた？」

「え？」

彼の手を借りてステップを上り、中に滑り込む。振り返った瞬間、再び抱きしめられ、奥歯を食いしばったような声に目を瞬いた。

その瞬間、温かなものが頬を転がり落ちてハリエットははっと息を呑んだ。

嗚咽（おえつ）のように喉の奥が引き攣り、更に驚く。

「ハティ……」

かすれ声がハリエットの耳に届き、彼女は身体を震わせながらタッドにしがみ付いた。

今更、恐怖が込み上げてくる。

「わ……私……」

「うん」

「た、戦ったの……あのいけ好かない男と」

ぎゅっと、ハリエットに回された腕に力がこもる。

「何かされた？　どこか触られた？」

タッドの口調は柔らかく優しい。だがそこには鋭利な剣のような鋭さが混じっている。

「何も……何もなかったわ……いえ、腕を掴まれて引き寄せられただけよ」

再び鼓動が激しくなる。

あの瞬間、シェイタナの手が触れた部分を思い出してぞわりと身体が震える。ぎゅっとタッドにしがみ付き、ハリエットは呻くように言った。

「でもそれだけでも十分に気持ち悪かったわ……」

周囲に人がいて、頭に血が上りながらも冷静さを保てた自分に感謝しかない。反撃できたのはそのせいもある。

だがもし、寝室に忍び込んでこられたらと思うと今になって身体が震え始めた。

「私……本当に夢中で……」

「君が無事でよかった」

タッドが腕を緩めてハリエットを両腕の中に囲うと、雨と涙にぬれた彼女の肌を温めるようにそっと撫でる。

その力強い掌に、ハリエットは安堵（あんど）と共に目を閉じた。

（こんなにも違う……）

手は誰もが持っているものだというのに、そこに交じるいたわりや優しさ、愛おしさでこうも触れられた側の感じ方が違うのか。

緊張して震えていた身体から徐々に力が抜ける。彼に凭れながら、いつの間にか走り出した馬車の様子にふと尋ねた。

「……どこに行くの？」

その問いに、彼は囁くようにして答えた。

「イーヴァスへ。そこで結婚しよう」

「――俺はあの男と話をつけなければいけないんだが……君は話したくもないだろうね」

サディアスの低い声に、ハリエットは夢から覚めたように身体を震わせた。

視線の先で、今にも歯をむき出しにして威嚇したい、といった雰囲気のシェイタナが人垣を掻き分けてこちらに来ようとしているのがわかった。

思わず後退りしそうになって、身体を支えるサディアスの、力強い腕に気付く。

「いいえ」

考えるより先に、言葉が出ていた。呟いてしまえば、よりはっきりと、胸の奥で決意が固まる。

「いいえ。私も、逃げてばかりではいられないわ」

ぐっと顎を引き、こちらにやってくる男を睨み付ける。そんなハリエットの様子に、サディアスは笑ったようだ。彼女の肩を抱き寄せて、悠然と頷く。

「さすが、レディ・アッシュフォードだ」

その名称に、ハリエットは今ほど勇気づけられたことはなかった。

そう。

そうだ。

ロバート・シェイタナが何を言おうが、彼と結婚できる純潔の伯爵令嬢はもういない。

今のハリエットはレディ・アッシュフォードで、サディアスの妻なのだ。

「君は笑って幸せそうにしていればいい。それだけで、あの男のダメージになる。もちろん、リズヴォード伯爵のことも気にしなくていい。彼の借金は彼が返すべきもので、その努力を彼は続けている」

確信めいた一言に、思わずサディアスを見上げれば、彼はにっこりと微笑んでハリエットを見下ろしていた。

その様子に、彼女は唐突に悟った。きっと、多分、恐らく。兄は借金を返済できると。根拠はサディアスが「そうしている」と言ったから、だ。

思わず感謝を込めて見つめていると、素早く額にキスをされ、彼女は真っ赤になった。

「お久しぶりですね、レディ・ハリエット」

不意に冷たく耳障りな声がして、ハリエットはお腹に力を入れた。ほんの少し凍り付いた手足は、抱き寄せる腕を感じて溶けていき、彼女はやってきた男にゆっくりと視線を向けた。

「ごきげんよう、ミスター」

名を呼ぶことすら嫌で、冷ややかにそういえば、目の前の男は綺麗に整えられた眉をぴくりと引き攣らせた。

「なるほど。さすが、婚約者がありながら有力貴族に取り入って妻の座に収まることのできる女性だ。堂々とした振る舞いですな」

慇懃に腰を折ってお辞儀をする。嫌味な物言いにハリエットの腹の奥が怒りに燃え上った。

「何か誤解があるようですね」

込み上げる不快感を必死に飲み込み、ハリエットは笑みを返した。ただし、頬の筋肉が上がっているだけの冷たい笑みだ。

「わたくしはミスターと婚約した覚えは全くございません」

その一言に、今度はシェイタナの顎が引き攣る。彼を苛立たせる形だけの笑みを崩すことなく、ハリエットは「ああ」と何か思い出したような振りをして見せた。

「まさかあの、我が家で拳銃を振り回して喚いたあの行為がプロポーズだとおっしゃるのかしら？だとしたら市井の方達って、信じられないくらい民度が低いのね」

彼の出自が平民である、ということを揶揄して言えば、シェイタナの神経を逆なですることに成功したらしい。

かっと彼の顔が真っ赤になった。

「恐れ入りましたよ、公爵夫人（ユアグレイス）。まさか、借金を踏み倒すのが社交界の流行だとは存じ上げなかった」

「それについて、わたしの方から提案があるのですか」

今にも掴みかかってきそうなシェイタナから庇うように、サディアスが前に出る。軽くハリエットの腰を抱いて後ろに下がらせ、彼は笑顔を見せた。

目を上げたシェイタナが、眉間に皺を作る。

「リズヴォードの借金をあなたが払うと？　公爵閣下」

「いいえ、あくまで返済をするのはリズヴォード本人。彼の妹でも、妹の夫のわたしでもない」

「話にならんな。奴は今雲隠れしている」

苦々しく吐き捨て、シェイタナは拳を握りしめた。その様子から、彼が血眼になって兄を探していたのだと、ハリエットは気付いた。

（でも……絶対にいかさまをしたに決まっているのにッ）

証拠も何もない、ハリエットの勝手な思い込みだが、そうに決まっているのだ。兄はすこぶる騙されやすい。それでも運だけはよかった。それに、引き際だって知っていたはずなのに。

（もしかしたらいかさまの証拠を集められれば……借金を帳消しにできるかもしれない）

その可能性に気付き、ハリエットが目まぐるしく脳内で計画を立てていると、不意にサディアスがハリエットから離れた。

薄れたぬくもりにはっと顔を上げれば、舞踏室の煌めくシャンデリアの下、自分の夫がうっとりしたような眼差しで彼女を見つめていた。どこに自分がいて、今何の話をしているのか、すべてを忘れて見惚れてしまうようなサディアスの美貌が目の前にある。

思わず視線を捕られていると、そっと腰を屈めたサディアスから頬にキスをされた。

「少し、ミスターと話してくるから。一人にしても大丈夫？」

眩しすぎる笑顔で囁かれて、一瞬何を言っているのか理解できない。だが、するっとハリエットの腕を撫でて大股で歩き出す彼の背中を見て、気付いた。

サディアスはシェイタナとの「借金返済計画」の話し合いにハリエットを入れない気だったのだ。

（卑怯な！）

ハリエットが我を忘れるとわかっていて、自らの容姿と色気を武器にするとは！

何か言おうとする頃には、二人の姿は人混みの中を進みすぎている。舌打ちしたくなるのを堪え、ハリエットは不満を鼻から吐き出すにとどめた。

兄が一体公爵領の一つで何をしているのか、全く知らない。サディアスに聞いてものらりくらりとかわされるだけだ。

（いいわ……帰ったら絶対に聞きだしてやる）

寝室に連れ込まれたら勝ち目はないので、その前に決着をつけるんだと一人考え込んでいると、不意に甘ったるいバニラのような香りが漂い、ハリエットは後ろを振り返った。

（一難去ってまた一難……）

げんなりしそうになるのを堪え、彼女は「まあ」という驚いた表情をして見せた。

「これはレディ・イーディス」

礼儀を失しない程度に軽く頷いて見せる。すると、コール墨でくっきりと縁取られた、アーモンド形のブルーの瞳をギラギラさせたイーディスが微笑みを浮かべた。

「こんばんは、公爵夫人（ユアグレイス）」

丁寧に敬称で呼びかけられるが、真っ赤な唇は歪んでいる。

こっちはこっちで面倒なことになりそうだと笑みを張り付け、次なる言葉は何かと身構えていると、不意に彼女の瞳に同情のような色がよぎった。

「お可哀想に。サディアスに置いていかれたのでしょう？　彼、そういう所がありますわよね」

憐れむような視線に苛立ちしか感じない。本来であれば、彼女やシェイタナが招待されているパーティになど出ないのだが、どうやらこちらの屋敷のご婦人は気のいい性格だったようだ。

めったに顔を出さない、アッシュフォード公爵家の二人がくるということで、あの人もこの人もとぎりぎりで招待客を増やしたに違いない。

そうでなければ、イーディスが招待されている舞踏会にサディアスがハリエットを伴ってやってくるわけがないのだ。

それでも事ここに至っては仕方がない。

気持ちを切り替え、ハリエットは上品な笑みを浮かべた。

「何やら殿方同士で大切なお話があるということでしたので、わたくしの方から舞踏室に残りましたの」

置いていかれたわけではない、と強調するように告げる。だが、イーディスはますます憐憫を込め、同情心たっぷり、といった口調で話し出す。

「まあ、無理もありませんわ。お飾りの妻として選ばれた立場上、サディアスに面倒をかけないように振舞うのが得策ですものね。彼に嫌われては元も子もないでしょうし」

ぎゅっと胸元で両手を握りしめ、本当に可哀想、というパフォーマンスをして見せるイーディスに、ハリエットは更に更に苛立つ。

そして何より。

「……お飾りの妻とはどういう意味ですの？　わたくしは正真正銘、彼の妻ですが」

聞き捨てならないセリフだ。

確かに最初、ハリエットはタッドに純潔を貰ってほしいと提案した。その時に、アッシュフォード公爵の妻になるなど夢にも思っていなかった。

どちらかといえば、そう望んだのはサディアスの方で、彼はきちんとプロポーズをしてくれた。

決して、二人の間にあるのは「建前」だけではない。

冷ややかにイーディスを見つめ返せば、彼女は大きく歪んだ笑みを見せた。

愉しくて愉しくて仕方ない、という笑み。

「まあ……これは失礼いたしましたわ、レディ・ハリエット。わたくし、てっきりそうなのだと思っておりましたわ。だって……じゃないと……」

くすくすと顎に人差し指を当てて笑うイーディスに、ちらり、と嫌なものが胸に兆す。

てっきりそうとは何なのか。

「おっしゃる意味がわかりませんわ、レディ・イーディス。わたくしとサディアスは何の契約もない、正真正銘の恋愛結婚ですわ」

堂々と胸を張ってそう告げた瞬間、ハリエットは自分でも驚いた。

そうだ。この結婚は『恋愛結婚』にカテゴライズされるものなのだ。

どんないきさつがあって、どこかで何かが違っていて、地味青年と電撃結婚したはずが、今をときめくアッシュフォード公爵との結婚になっていたが、そんなのはどうでもいいことだったのだ。

（そうよ……私は……タッドが好きで、そして、タッドと何一つ変わらないサディアスが好きで……だから結婚したんだわ）

図書館で出会った物静かで知的な青年と、社交界を冷たい笑顔で睥睨する公爵。

そのどちらでもあって、どちらでもない、サディアス・クローヴ。

優しい、愛しいものを見つめるような眼差しと、揶揄うような口調。ハリエットと気安くやり取りする中に、混じる全幅の信頼。

今回のシェイタナの件も、彼は公爵としての権力を振りかざして解決するのではなく、あくまでも兄に手を貸すという方向を選んでくれた。ハリエットがそうしたいと願っていることも、きちんと理解してくれていた。

そう。サディアスは。

(私を理解してくれている……)

「おめでたいのね」

そんなハリエットの、確信めいた思考をイーディスの馬鹿にしたような呟きが突き破った。

彼女は腕を組んで両肘を掴み、相変わらず人を見下した様子で笑っている。

「サディアスと恋愛結婚」

ふん、と鼻で笑う。

「アッシュフォード公爵が、自らの結婚の条件に色恋を選ぶなんて本気で思ってるのかしら？　だとしたら……あなた、本当に彼のことを知らないのね」

せせら笑うイーディスの、何の根拠もない挑発にハリエットは乗らない。微笑みを浮かべたまま肩を竦めて見せる。

「レディ・イーディスがそう信じてらっしゃるのなら、それで構いませんわ」

私はそうじゃないと知っているから。

「失礼いたします」

優雅に膝を折って礼を取り、サディアスが戻ってくるまで座って飲み物でもいただこうかと、彼女は踵を返して舞踏室の端へと移動を始める。その彼女に、イーディスが嬉しそうに呟いた。

「彼がどうしてあなたのような何の取り柄もない女を選んだのか……本当に知らないみたいねぇ」

それは決して大きな声ではなかった。だが確実にハリエットの耳に届いた。ゆっくりと振り返れば、勝利を確信した、余裕の溢れる態度でイーディスがこちらを見ている。

「何を知らないとおっしゃるんです？」

挑むように尋ねれば、アーモンド形の瞳を三日月のように細くし、唇の両端を引き上げて微笑むイーディスが腰をくねらせて近づいてくる。

すれ違いざまに彼女は軽やかに囁いた。

「わたくし、彼から直接聞きましたの。あなたと結婚すると尽きぬ幸運が手に入る。だから結婚するんだ……ってね」

言い終え、驚いたようなハリエットの顔を心から嬉しそうに眺めて、イーディスが去っていく。

視線の先にはマートン侯爵とその取り巻きがいて、皆がイーディスを歓迎するように両手を広げて迎え入れていた。

彼らはイーディスとにこやかに話しながら、時折虫けらでも見るような眼差しをハリエットに送ってくる。よく見れば、そこにたむろする子爵や伯爵連中は以前、アッシュフォード公爵を取り巻いていた人達だ。

だが、そんな彼らのやっかみ半分、嘲笑半分の視線など今のハリエットには取るに足らないものだった。それよりも、笑いながら告げられたイーディスの言葉の方が気になる。

(私と結婚すると……尽きぬ幸運が手に入る?)

なんなのだ、それは。

というか、そんな幸運があったなら本日シェイタナに会ったりイーディスに会ったりしていない。

だがどうしてそんなことを言い出したのか、それも理解できない。

(直接彼から聞いたって、サディアスからってこと?)

元々サディアスは多忙で、色々な事業を手がけている。新婚だからとあまり会合に顔を出していないようだが、そんな彼がイーディスに会いに行く暇があるとは思えない。

(妄想癖でもあるのかしら……)

ちょっと憐みの眼差しで、マートン侯爵に群れ集う連中を見遣(みや)り、ハリエットは首を振ると予定通り軽食のテーブルへと足を向けた。

目下、考えるべきは兄を陥れた賭け事の内容と、そこでいかさまが行われたという事実を掴む方法だとそう考えながら。

舞踏室から少し離れた一室でサディアスはシェイタナと向き合っていた。

彼はイーディスのように、自らハリエットを探すような真似をしなかった。

怪しげな人物を雇い、金に物を言わせて探らせようとしていたのだ。だがもちろん、その依頼を受けるような組織の人間はいない。

最終的には、組織に所属していない、街のゴロツキを雇っていたようだが、彼らがハリエットに辿り着くことは一切なかった。

ジョーカーであるサディアスの命令は絶対だ。

アッシュフォード公爵を嗅ぎまわるゴロツキ達は一掃され、街に平和が訪れたくらいである。

「……単刀直入に申し上げます、公爵閣下（ユアグレイス）」

先に立って部屋に入るなり、振り返ったシェイタナが胸に手を当て、慇懃無礼（いんぎんぶれい）に腰を折った。

「閣下もご存じの通り、レディ・リズヴォードは『幸運の女神』です」

芝居がかった口調に、サディアスの眉間に皺（しわ）が寄る。

「……と、おっしゃいますと？」

やる気のない態度で腕を組み、見下ろすようにして告げれば、そこに交じる威圧感に気圧されたのか、ぐっとシェイタナが言葉に詰まる。

だが次の瞬間には、ごくりと喉ぼとけが動き、彼は引き攣った笑い声を上げた。

「とぼけなくて結構ですよ、閣下。彼女がそうであることをあなたは知っていた」

それからぎらぎらした眼差しをサディアスに向ける。

「でなければわざわざあの娘に目をつけ、手を尽くして守ろうとするわけがない」

耳障りな抑揚で、彼は歌うように言う。対してサディアスのまとう空気はどんどん冷たくなっていった。

「い、いあなたのような方は、美しく華やかで社交界の誰もが羨むようなご令嬢と結婚するのが当然だった。それがどうして見た目もそこそこ、気が強く男をけなしてせせら笑うような令嬢を選んだのか……考えられる理由は一つ。あなたがフォルト家の言い伝えに気付いたからだ」

にやにや笑い、大げさな身振りで訴えると、シェイタナは口髭を撫でた。

「フォルト家の女性は代々、幸運を引き寄せる力がある。それは娘の時は家長に、結婚すればその相手に、信じられない幸運をもたらす……この言い伝えをご存じなのでしょう？　閣下」

すっと、サディアスの瞳が細くなり剣呑な色を帯びる。そんな彼にシェイタナは臆する風でもなくぶらぶらした足取りで近づいた。

「見目麗しいレディ・イーディスの手を振り払い、何の取り柄もないレディ・リズヴォードを選ぶのに十分すぎる内容だ」

至近距離で、シェイタナは目を剥き滑稽すぎる笑みを浮かべてこちらを見ている。

そのにやにや笑いを一瞥し、サディアスは鋭く告げた。

「それで？」

刃のように鋭いサディアスの一言。金色の瞳が冷徹に輝くのに、しかしシェイタナは気付かず胸を張った。

「あの哀れな娘はどうおもうでしょうなぁ。自分が社交界人気ナンバーワンのアッシュフォード公爵に選ばれたのは、実は自分の容姿でも性格でもなく、単なる血統だと知ったら」

ちらりと、シェイタナが視線を送る。冷たい彼の瞳を見返し、サディアスは今すぐ奴の頭をぶち抜きたくなるのを堪えた。

この男を殺しても何の害もなさそうだが、それをやればおそらく、ハリエットが悲しむだろう。

そう、ハリエットだ。

彼女の視界にこの男が映るのも我慢できないし、この男の言葉が耳に入るのも許せない。ハリエットが妻になった以上、煩わしいことに巻き込むわけにはいかないのだ。

シェイタナの言う『幸運の女神』については、コリンの借金がどういう経緯で発生したものなのかを調べるうちに知ることができた。それと同時にシェイタナがその力を欲していることも。

執拗に彼がハリエットを追い求めるのはそれが原因で、尚且(なおか)つ彼は例の内乱のおかげで事業が立ちゆかず、困窮しそうになっていることもわかった。

もちろん、ハリエットにはそんなことが起きているなんて話していない。

彼女自身に惹かれ、強く結婚したいと思った感情に、幸運の女神の血筋などというものは一切含まれていない。仮にその話を彼女にしたところで、ハリエットはまず間違いなく信じないだろう。

だからこそ言う必要がないとサディアスは判断した。

余計なことを言って、彼女を不安にさせる必要もない。

「わたしが一言、彼女に『アッシュフォード公爵がお前を選んだのはお前が持つ、幸運の女神としての素質が欲しかったからだ』と言えば、どうなりますかな？　真相を知った彼女はきっとあなたを激しく憎むようになるでしょう。女性とはそういうものだ」

全くあり得ない話に笑い出したくなるのをサディアスは堪えた。代わりににこやかに微笑んで告げる。

「あなたはわたしを脅す気ですか？」

ぞっとするような響きが、その声に滲んでいる。さすがのシェイタナも、不要と判断されたらこの世から消されるかもしれないと感じ取ったようで、一歩後退った。

「……閣下のご返答次第ですね」

それでも、微かに震える声で言い返すシェイタナに、サディアスは溜息を呑み込んだ。

一旦、彼はハリエットを手に入れることを諦めることにしたらしい。代わりに口止め料として自らの借金を返済して余りある大金を要求する気なのだ。

さて、どうするべきか。

もちろん、払う義務はないし、ハリエットを自らの屋敷に閉じ込めてシェイタナを含む外界からの接触を閉ざすことは簡単だ。だが、そんな窮屈な生活を彼女に送らせるなんてとんでもない。

ハリエットにはサディアスを選んでよかったと思ってもらわなくてはいけないのだ。

ではどうするのが得策なのか。

（あまり……この手は使いたくなかったが……）

ありとあらゆる手段を使って、徹底的に調査することにしようか。

サディアスはもちろん、シェイタナのことを調べた。彼が借金を背負っているとわかった時点で打ち切ったが、叩けば埃(ほこり)が出る胡散臭さが終始漂っていた。

「わかりました」

大仰に、芝居がかった仕草で肩を竦めて見せ、サディアスがにっこりと微笑む。

「いくら必要なのでしょうか？」

8. 幸運の女神

「今すぐ領地に帰ろう」

「どうしたのよ、急に」

「どうしてもだよ」

そう言って、サディアスは涼しい風の吹きこむ階段脇の小さな部屋にいたハリエットを抱き上げる。

出窓とソファしかないその部屋に本を持ち込んで読んでいた彼女は、小さな悲鳴を上げた。

「シェイタナに何か言われた？　借金について返済を迫ってきたとか？」

持っていた本を落とさないように慌ててお腹の上に置きながら、横抱きに自分を抱えるサディアスを見上げる。

彼は渋面で前を見ていた。

「この間話した通りだよ。シェイタナは君を手に入れられないのなら借金を返済して余りある金額を寄越せと言ってきたとね」

「もちろん、払わないのでしょう？　それを払うのは兄の仕事だわ」

眉間に皺を寄せて告げれば、彼は「ああ」とだけ答えた。

でもどうもそれだけではないことを、ハリエットはうっすらと勘づいていた。

何故なら例の舞踏会の後、彼が街屋敷(タウンハウス)を空ける時間が多くなったからだ。

自身の領地の仕事の他に、何か手がけているとしか思えない。

「ねえ……本当に何もないの？」

そっと自室のベッドに下ろされて、ハリエットはじっと金色の瞳を見上げる。彼はちょっとだけ視線を逸らし、何かを考えるようなしぐさをする。

そうしながらも、ネクタイを解き、上着を脱ぎ、ウエストコートのボタンをはずしてゆっくりとハリエットの上に伸(の)しかかってきた。

「目下心配なのは、シェイタナが君に接触してくることだ」

ベッドの上にそっと倒され、ハリエットが目を見張る。

「大丈夫よ。あんな奴が来ても股間を蹴り上げるだけだわ」

それについては信頼と実績がある。

ハリエットの首筋に顔を埋めたサディアスがくぐもった笑い声を上げた。

「それはそうかもしれないけど、でも駄目だ。できれば君に近づけさせたくない」

「それで今すぐ領地、なの？」

ゆっくりと手を上げて、サディアスの背中をぽんぽんと叩く。微かに頷いた彼が、ハリエットの耳朶にキスを落とした。

「そう。領地に引っ込んでしまえばアイツも手出しできないだろ」

言いながら、彼は何度か耳朶やそのすぐ下の首の皮膚にキスをする。

「でも王都でやることがあるのでしょう？」

至極冷静に返せば、唸るような声を出したサディアスが、がばりと顔を上げた。

「ていうか、ハリエット。少しは集中してほしいんだけど」

不服そうな顔でこちらを見下ろす彼に、ハリエットは肩を竦める。

「だって……気になるんだもん」

言って、彼女は手を伸ばすとサディアスのシャツに指を滑らせる。

「あなたが出かける頻度が高くなったのはシェイタナのせいではないの？」

意図的に上目遣いに彼を見れば、サディアスが半眼でハリエットを見下ろした。微かに唇を尖らせる。

「そうだと言ったら？」

「包み隠さず教えてほしいの。だってシェイタナと関わることになったのは私の兄のせいで」

「そうだ」

ハリエットの台詞を遮って、サディアスがきっぱりと告げる。目を丸くするハリエットに彼は見惚れてしまうような微笑みを浮かべた。

「シェイタナと関わることになったのは君のお兄さんのせいだ。だから君に責任はない。なにも気にしてほしくない」

「……卑怯だわ」

今度はハリエットが唇を尖らせる。そこにちゅっと軽いキスを落とし、サディアスはゆっくりと手を伸ばすと、彼女の耳の下辺りをくすぐるように撫でた。

ぞくり、と甘く下腹部が震える。その様子に満足したようにサディアスが微笑んだ。

「ほら……俺としてはあんな下種野郎のことを考えるより、君を甘やかすほうに集中したい」

（本当にこの旦那様は……！）

朝に夜に彼に触れられて抱かれる日々は、ハリエットの身体にたくさんの甘い感触を残していた。今まで識らなかったそれに、身体が反応して期待に震えるようになるほど。

それをサディアスが理解しているのが腹立たしい。

彼は、ハリエットの弱い個所を的確に攻め、欲望を引き出し火をつけ、抗えないようにしていくのだ。

今も腰の辺りをそっと撫でられ、思わず甘い声が漏れる。

のけぞったようになる首筋に、男は唇を寄せ、ハリエットの身体を甘く撫でながら、耳や首の後ろに口づけを降らせ始めた。

「あ」

このままでは何も考えられなくなる……そんな懸念から彼の胸を押して身体を離そうとするが、その手首を柔らかく掴まれて、内側の柔らかな皮膚に歯を立てられた。

「んっ」

薄い皮膚に感じる熱い唇。それがゆっくりと腕を辿り、指の間にキスをしていく。身体を引き寄せられて上半身を起こせば、サディアスが手早くハリエットのドレスを脱がせていく。

あっという間にコルセットを外され、シュミーズも抜き取られ、明るい日差しの下で思わず身体を隠すように身を捩る。

そんなハリエットを、彼は柔らかなベッドにふわりと押し倒した。

「ハリエット……」

うっとりとした溜息に交じって名前を呼ばれ、甘い震えが身体を襲う。

手を伸ばしてサディアスの熱い肌を撫でれば、少し目を見張った男が嬉しそうに微笑み、ハリエットの胸元に顔をうずめた。

「あっ」

大きな手が柔らかな双丘に触れ、五本の指がしっとりした柔らかさを堪能するように動く。時折指先が先端の尖ったつぼみをこすり、ハリエットは鋭い刺激に身体が痺れていくような気がした。

何度も執拗に撫でられ、熱い舌が胸の先端に絡まり始める。むず痒いような感触がお腹の奥に溜まっていく。

思わず首を振れば、サディアスが胸の先端を弄りながら顔を上げた。その金色の瞳に滲んでいる獰猛な欲望に、ハリエットの背筋を電撃にも似た刺激が走った。

「気持ちいい？」

小さく笑いながら囁き、サディアスが顎の下辺りにキスを落とす。

「んっ……」

刺激によるものなのか、無意識にハリエットの唇からかすれた溜息が漏れた。ほんの少し身じろいだそれを、サディアスは勝手に肯定ととらえたようで、再び甘い責めを開始する。

両の果実を思う存分むさぼり、ハリエットの熱を高めていく。乾いた手が滑らかさを確かめるように肌を辿り、薄いお腹と腰の辺りで意味深な図柄を描くように動く。

指先であちこちを辿られ、我慢できずハリエットが唇を震わせた。

「あん」

甘やかな声が漏れる。

その声に押されるように、サディアスはゆっくりと太ももを撫でると、脚の間にそっと手を忍ばせた。

「ひゃ」

温かく湿った場所を、熱い掌が覆う。思わず太ももを閉じようとするハリエットを無視して、サディアスが濡れた秘裂を割るように指を押し入れ、尖る花芽を探り出した。

「ああっ」

ハリエットの背が弓なりにしなった。彼の指がじわりと濡れた蜜壺を刺激し、花芽を愛撫する。

腰の奥に溜まる熱いものに、堪（たま）らず身を捩り、ハリエットはつむった瞼の裏が赤く染まるような気がした。

「あっあっ……ああ」

溜まる一方の快感を逃すべく、思わず首を振れば、サディアスがその喉元に噛みついた。

「きゃ」

きつく吸い上げる感触が、背筋を通って頭の中を揺さぶる。

やがて水音を立てて彼の指がハリエットの蜜壺の中を掻きまわし、溜まりに溜まった快感が爆発した。

「ああああっ」

緊張が頂点に達し、やがて緩やかに身体が弛緩（しかん）していく。くったりと力の抜けるハリエットの身体を抱きしめ、サディアスがぐっと熱く高ぶった楔を彼女の腰に押し当てた。

「ハティ」

耳から吹き込まれる甘い囁き。

「挿入（い）れていい？」

その声に、ハリエットは身体の奥にある空洞が切なく痛むのを感じた。

彼にしか満たすことができない場所。彼にしか来てほしくない場所。

熱く、自分とは全く違うサディアスの身体に手を滑らせ、ハリエットはゆっくりと両足を持ち上げると彼の腰を挟んだ。

びくり、とサディアスの身体が震える。こもる熱がもう一段階、上がったような気がしてハリエットは知らず微笑んでいた。

「タッド……サディアス……」

見上げれば、ふわりと吹き込んでくる夏の風と光の中、サディアスが苦しそうな顔でハリエットを見下ろしていた。忠実で、でも獰猛な猟犬に「待て」を促しているような気がして、彼女はどこかくすぐったい気持ちになる。

こんな彼を知ってる人は、きっとハリエットだけだろう。

（そうよ……）

手を持ち上げ、ハリエットは彼の引き結んだ唇に触れる。

（こんな風に見つめてくるアッシュフォード公爵を知ってるのは……私だけなんだわ……）

不意に、こちらを見下ろすサディアスの金色の瞳が揺らめく。

あっと思った瞬間、噛みつくようなキスが降ってきた。

柔らかな舌が、ハリエットの口の中で、弱い個所を突いて絡まる。夢中で応えているうちに、ゆっくりと脚を広げられ、甘く疼いていた場所に熱く硬いものが触れた。

くぐもった声が、合わせた唇から漏れる。

それはハリエットのものだったのか、サディアスのものだったのか。

確かめる前に、楔がハリエットの膣内（なか）を暴き、最奥まで一気に貫かれた。

「ああああっ」

離れた唇から甘い嬌声が漏れ、それに一層、サディアスのものが硬くなるのを身体の奥に感じる。

やがてゆっくりとサディアスの腰が動き始め、二人の快感を後押しするように激しくなっていく。

「あっあっあっ……いや……やあ」

最奥まで届き、一点を突く鋭すぎる感触に、ハリエットが啼き声を上げる。

身体を捩り、快感を逃がそうとする彼女から、サディアスは一度自身を引き抜くと、両手を回して抱きしめた彼女の腰をくるりと回転させる。

「え？」

うつ伏せにされ、更に腰を高く持ち上げられたハリエットが、気付くより先に、サディアスの楔が一層深くハリエットを貫いた。

「ああああ」

喉を突いて溢れる嬌声。今までとは違う形で貫かれ、彼女の身体が弓なりに反る。その背中や腰に口づけを落とすサディアスが、深く深く、彼女を穿ち始めた、

「あっあっあっあ」

律動に合わせて甘い声が漏れる。腰を掴む熱い手が優しく動き、背中のくぼみにそっと触れた。

途端、ぞくりと鋭い快感が走り、ハリエットの濡れた蜜壺がぎゅっと楔を締め上げた。

「っ」

苦し気な吐息がサディアスから漏れ、彼が身を倒し、ハリエットが「感じた」、腰の少し上、真ん

中辺りに口づけを落とす。

再び鋭い快感が走り、嬌声が漏れた。

締まる膣内を攻め立てられて、ハリエットは脳裏が真っ白になる気がした。深く繋がった場所が溶けてどちらがどちらの熱なのかわからなくなる。

まるで元から一つだったかのように、感触が混濁するのを……ハリエットはじわりとした喜びと共に受け止めた。

快感を逃すまいと腰の奥が緊張し、締まる。それを振り切るように、熱い楔が中を掻きまわして動き回る。硬い熱源と触れ合う蜜壺の壁を快感が駆け上がり、それを追いかけるうちにハリエットはぎりぎりと巻き上げられた何かがほどけ、空に放り出されるのを覚えた。

高みにまで押し上げられて浮遊する。そこから一気に駆け下り喉から悲鳴のような声が漏れた。

落下するような感触の後、ハリエットは後ろから抱き寄せる腕に身体中の力が抜ける気がした。

熱く、逞しい身体が弓なりな彼女の身体にぴったりと重なって、熱い手が柔らかな肌を撫でる。

荒い吐息を首筋に感じながら、彼女はうっとりと目を閉じた。

サディアスがここまで切羽詰まるのも、身体全体で愛しそうに包み込むのも自分だけ。他の女性は関係ない。

「サディアス……」

気付けばハリエットは、熱く、上下する彼の胸に背を預けて溶けそうな声で囁いていた。

「愛してるわ……」

その言葉に応えるように、サディアスがハリエットの耳殻に唇を寄せた。

「俺もだよ……」

そのやり取りが幸せで嬉しくて。

ハリエットは甘く気怠い空気を楽しむようにそっと目を閉じるのだった。


（それで結局絆されてしまったわ）

昨日の昼間。サディアスがどこに出かけて何をしているのかそれとなく訊いてみたが、結果返り討ちにあってしまった。

本日もサディアスは外出していて、どこで何をしているのかよくわからない。

執事に聞いてみても返ってくるのは「事務弁護士と領地関連のご相談に出かけられました」という決まり文句ばかりだ。

（愛人と会ってるとか、そういうのはないと思うけど……）

領地関連の仕事ならハリエットだって負けないくらい詳しい。何しろあの兄ではあっという間に先祖伝来の土地を失っていただろう。

その兄の消息についても未だ不明だ。

（兄とシェイタナの取引だから、妹の私には関係がないってサディアスは言うけど……）

それでも自分の生家の問題なのだ。まるで無関係ということもないだろう。

王都にありながら広々とした庭を持つ公爵家。先代公爵夫人が手入れをしていたという薔薇園を一人歩きながら、ハリエットはふと、意味深な捨て台詞を吐いて去って行ったイーディスのことを思い出した。

（……私と結婚すると尽きぬ幸運が手に入る……って何なのかしら……）

彼から直接聞いた、と彼女は胸を張って告げた。

そんなことあるわけない、と今でも理解しているが、では何故急にあんなことを言い始めたのか。

（彼女と会って一度話を聞いてみようかしら……）

そう考えた瞬間、心の中のサディアスとティターニアが「絶対ダメだ」と喚き始め、思わず笑ってしまう。

確かに直談判するのはよろしくない。

ふうっと溜息を吐き、ハリエットは薔薇園のベンチに腰を下ろした。

兄が負けた賭博場で、きっといかさまが行われたに違いない。その証拠集めも何も始まっていない。

自分で動くには限界があるから、誰かに調査依頼をしたいのだがどうしたものか……。

そこでふと、自分が飛び出してくる際に実家の執事に「弁護士先生を呼んで！」と叫んだことを思い出した。

優秀な執事は、このごたごたを手っ取り早く解決するために先生を呼んでいるはずだ。ということはこちらの事情も把握してくれているはず。

そうと決まれば、とハリエットは座ったばかりのベンチから飛ぶようにして立ち上がり、大股で薔薇園を横切っていく。

会いに行くのはきっと止められる。ならば「自分も兄も不在の領地がどうなっているのか確認したいから」という理由で弁護士先生を呼び出せるはずだ。

（そうよ。そこで賭博場でのいかさまと、幸運が手に入るとかいう話について聞いてみよう）

一つ、自分でできることが見付かったと、スキップでもしそうな勢いでハリエットは屋敷へと戻った。

そうしてリズヴォード伯爵家の事務弁護士であるミスター・ドーズを大至急呼んで貰い、午後には灰色の髪を後ろになでつけた、実直そうなドーズ弁護士とアッシュフォード公爵家の応接間で対面することが叶ったのである。

「まさかマイレディが公爵様とご結婚なさるとは……思いもしませんでしたよ」

丸い眼鏡の奥の小さな瞳をしょぼしょぼさせながら、ドーズ弁護士は感嘆したように告げる。そのまま応接間を見渡す様子に、紅茶のカップを持ち上げたハリエットも「本当にね」と心の底から同意した。

あの雨の日、屋敷を飛び出した時にハリエットが思い描いていたのはタッドとのつましくも幸せな家庭だった。

彼がどこの何者だろうと、一緒に頑張っていくと決意にも似た思いを抱いていた。

それが一夜明けた瞬間に目の前に現れた現実がこれだ。

「それでフォルト屋敷とリズヴォードの領地について確認したいということでしたが」

ひとしきり感傷に浸った後、そう切り出されて、ハリエットは居住まいを正した。

「それもあるのですが、本当はもう少し調べていただきたいことができたんです」

「と、いいますと？」

「例の……シェイタナの件です」

途端、ドーズ弁護士はわかりやすすぎる「しかめっ面」をした。見ていたハリエットが思わず吹き出すほどだ。

「あの男はトンデモナイ奴ですね。失礼ながら、あれと関わり合いになったリズヴォード伯爵の正気を疑ってしまう」

「お会いになったのですか？」

苦笑しながら尋ねれば、心底嫌そうに弁護士が首を振った。

「マイレディがお屋敷を飛び出したあと、あの男は勇敢な従僕の一人によって外に放り出されておりました。ですが帰ることなく、わたしが到着したその時まで玄関ポーチでずっと悪態をついておりましたよ」

呼びにきた従者から事情を聞いていたドーズ弁護士は、即刻退去しないなら警察を呼んで訴えるとすごんで見せ、そこでやっと彼は引き下がったのだという。

「それにしても、何故あの男は執拗にマイレディとの結婚を迫ったのですかな？　なにか隠れたロマンスでも？」

　聞きようによっては無礼な質問だが、ハリエットは気にしない。むしろハリエット自身が首を傾げたくなる出来事だったからだ。

　イーディスの台詞を思い出しながら、彼女はゆっくりと口を開いた。

「その件なのですが、先生。私もずっと不思議でした。借金のカタに結婚しろと迫られるほど私は美人でもないですし、社交界で人気の存在でもありません。伯爵家の資産だってものすごく多いわけでもないですし」

　領地は切り立った急峻な山が続く山地で、その合間で羊やヤギを飼って収益を得ている。取り立てて有益なものがあるような場所ではなく、泉のようにお金が湧いてくるというわけでもないのだ。

「それでもシェイタナはいかさまを使って兄を陥れました。いえ、絶対にいかさまなんです！」

　拳を握りしめて力説するハリエットの様子に、ドーズ弁護士は曖昧に笑う。

　その弁護士先生に事態を確認するべく、彼女は思い切って告げた。

「それで……なんですけど。この不可解な状況を説明できる事実が我が家にはあるかもしれなくてですね」

「はい」

「……実はとある令嬢から、私がアッシュフォード公爵と結婚できたのは、私と結婚すると尽きぬ幸運が手に入るからだ……と言われたのです」

「…………はあ」

何とも奇妙な沈黙の後、ドーズ弁護士が溜息のような何とも言えない吐息を漏らす。かあっと頬が熱くなるのを感じながら、それでもハリエットは必死に続けた。

「私自身、そんな話聞いたこともありませんし、そもそもサディアスと結婚できたのも本当に偶然からなんです。でも、ご令嬢がそんな話を意味深に告げるとなると……なにか私の知らない話が我が家にはあるのではないかなって」

ハリエットの言葉に弁護士が、丸眼鏡の奥で目を見開く。それからしばらく考え込んだ後、眼鏡をはずして柔らかい布で拭い、再びかけるとぎゅっと唇を引き結んだ。

「わかりました。マイレディがそうおっしゃるのならお調べしましょう。ミスター・シェイタナにはなにか……後ろ暗いところがありそうですしね。ご令嬢の話の真偽はともかく、なにかマイレディに固執する理由が出てくるかもしれませんし」

その言葉にほっとする。

イーディスの言葉についてはハリエットも同意見だ。幸運が舞い込んでくるなんて……どう考えてもなさそうだし。

その後、屋敷に残してきた使用人達が主である兄の帰りを待って忠実に働いていること、ハリエットの結婚を驚きはしたが祝福していたということなどを聞いてほっと胸をなでおろす。

しばし雑談をしたあと弁護士を見送って、ハリエットは大きく伸びをした。

これできっと何かわかるだろう。シェイタナがいかさまをしていた事実が掴めれば、それをもとに逆に向こうを訴えればいい。

そう、ハリエットは楽観的に考えていたのだが、数日後に弁護士から届いた手紙で雲行きが怪しくなった。

「お嬢様⁉　お戻りになられるとは思っておりませんでした！」

「公爵には言わないで出てきたの。急いで調べものだけしたら帰るから」

サディアスはハリエットが一人で外出することをあまりよく思っていない。曰く、「シェイタナの手の者がどこにいるかわからないから」ということらしいが、ハリエットとしてはサディアスと話をしたシェイタナが何かしてくるとは思えなかった。

誰だってアッシュフォード公爵を敵には回したくないだろう。

だがサディアスは渋面で「行かないでほしい」という。単なる心配性なのだと最近は思っていたのだが。

（もし……ドーズ先生が教えてくれたことが本当だとしたら……）

手紙には、例の「幸運の女神」について書かれていた。

どうやらリズヴォード伯爵家には古い言い伝えがあり、当主にだけ代々伝えられているという。

その話をドーズ弁護士が入手できたのは、当主だけの言い伝えのはずが何故か噂となって紳士クラブにひっそりと流れていたからだ。

おそらく兄のせいだ。

ハリエットは屋敷（実家）の階段を駆け上がりながら頭を抱えたくなった。あのお人好しの兄は、お酒を飲んでいい気分になった際に、誰かにその話をしたのだろう。

手紙には幸運の女神について、こう書かれていた。

その昔、リズヴォード伯爵は一人の旅人を助けた。盗賊に襲われ、無一文となった旅人は、領地へと続く街道で力尽き、石ころだらけの道に倒れ伏していたという。

彼を助け手厚くもてなした伯爵に、旅人は感激した。彼は自分と同じ困難に出会った際に、それを切り抜ける『幸運』を授けようと言って空から現れた船に乗って帰っていった。

実は旅人は天界に住まう神々の一人だったのだ。

三日後、旅人の言葉通り再び彼の乗っていた船が現れ、『幸運』がやってきた。それは美しい女性で、自分は『幸運を運ぶ使者』だと名乗り、伯爵は彼女と結婚した。

以来、リズヴォード伯爵家には『幸運を運ぶ使者』と同じ特徴を持つ子女が生まれると、危機的な状況を回避する幸運に恵まれたという。

（彼女の力は、息女としてあるうちは伯爵家に、結婚すれば嫁ぎ先にもたらされるという。でも、嫁いだ先で、その印を持つ者は生まれなかった……）

新しく印を持つ存在が生まれるのは『当主の娘』だけなのだ。

伯爵家の図書室へと飛び込んだハリエットは、ぐるりと周囲を見渡す。慣れ親しんだその部屋の、書棚にある本はすべて読んだ。だが、その中で一角、ハリエットが手を出していない棚があったのだ。

幼い頃に亡くなった、ハリエットの母が集めていた本が置かれた棚だ。

そこを覗いてしまったら、優しい声と手の温(ぬく)もりで覚えている母は、もうこの世にはおらず、二度と会えないのだと改めて突き付けられる気がして、手を付けるのをずっと後回しにしていたのだ。

だがそれも今日までだ。

（幸運の女神と呼ばれるフォルト家子女の印については、ドーズ先生はわからないと言ってたわ。でも……お母様の日記になら記載があるはず……）

ハリエットが三歳、兄・コリンが七歳の時に、流行(はや)り病で亡くなった母。奇(く)しくもその十四年後に同じ病で父もなくなってしまい、リズヴォードの家督を兄が継いだ。

これも不幸と言えば不幸だし、困難だと思うが、兄と自分が一切病に罹(かか)らず健康だったのが、その幸運の女神のおかげなのだろうか。

（いいえ……そんな眉唾な話があるわけないわ）

ふるっと首を振り、彼女は古びた皮の背表紙に目を走らせる。タイトルが箔押(はくお)しされたものが並ぶ中、ハリエットは何も書かれていない数冊の本を見つけて息を呑んだ。

全部を読むつもりはない。ただ……自分が生まれた時に関する情報が欲しいだけだ。

震える指先でそっと最初の一冊を取り出し、日付を確かめる。自分が生まれる五年前の、結婚当初の日記でハリエットは目を見張った。

彼女自身は日記を書くようなまめさは持っていなかった。書く暇があるなら一行でも多く文章が読みたい、と願う人間だったからかもしれない。

だが母は違ったようだ。

丁寧な筆跡で、その日起きた出来事がつづられている。とても簡潔な文章で、淡々とした調子で日々が記録されていた。

これが五年前なら、とだいぶ冊数を空けて一冊を手に取れば、ようやくハリエットの記述が出てきた。なんということはない、幼い頃の自分の記述。だが胸が締め付けられて鼻の奥が痛くなる。

しみじみと感傷に浸り、ページをめくっている場合ではないのだが、それでも大切なものを確認するように読み進めた。

やがて、彼女は例の印と思われる記述のある部分に辿り着いた。

——今日のハリエットはとても上機嫌。天井に向かってにこにこ笑い、両手を開いたり握ったりして一人で遊んでいる。

コリンが来て、真っ赤なほっぺたを突っつくから泣いてしまったけど、それもほんの少し。すぐにご機嫌でお兄ちゃんと一緒に笑い声を上げていた。

暑いのか、少し汗をかいていたから自分で肌着の交換をやってみる。

白い肌にくっきりと舵(かじ)の形が浮いていて、少し不安になったけれど、ハリエットのことはしっかり守っていこうと決めた。

彼女がもし幸運の使者なら、きっと健やかに育ってくれるはずだもの――

「舵の形……」

どくん、と鼓動が一つ、不規則に高く鳴る。じわりと舌先に苦い物を感じながら、ハリエットはそっと手にしていた冊子を書棚に戻した。

心臓はやがて早駆けするように速度を増し、どこかふわふわした感覚のまま、ハリエットは図書室を後にする。

今まで鏡に真正面から己の姿を映した時、その肌のどこにも舵のような痣(あざ)を見たことはなかった。

だが、後ろはどうだろうか。

来た時よりもさらに早足で、彼女は自室へと駆け込んだ。

鏡台の引き出しから手鏡を取りだし、ハリエットは大急ぎで服を脱いだ。そのまま身体を捻り、合わせ鏡でどうにかして背中を映そうとする。

四苦八苦するうちに、腰の上辺りに何かうっすらと痕があるのがわかった。

だが母が日記に書き記した『舵の形』かどうかはわからない。

（タッドに確認して……）

ふと、昨日その辺りを掌で撫でられたのを思い出す。唇を寄せられたのも、後ろから貫かれたのも。

（もしかして……単なるキスマーク……!?）

かあっと頬が赤くなる。

足元に水たまりのように丸く脱ぎ捨てられているドレスに手を伸ばし、ハリエットは自分の勘違いに恥ずかしくなりながら大急ぎでもう一度着ようとした。

その時、寝室の扉をノックする音がし、血相を変えた家政婦頭が飛び込んできた。

「お嬢様……いえ、公爵夫人（ユアグレイス）、一体どうなさったのですか?!」

慌ててドレスを胸元で押さえるハリエットの様子に、家政婦頭は目を丸くした。

その様子に思わず苦笑し、何でもないと答えようとしてハリエットは不意に口をつぐんだ。

背中の痕が本当にキスマークなのか……それとも例の印なのか、確認するなら今しかないとそう思ったのだ。

「ごめんなさい、ミセス・パーカー。背中に……何か痕のようなものがないか見てもらえないかしら」

唐突すぎる頼みに、しかし家政婦頭は数度目を瞬いただけで、ハリエットの背後へと回り込んだ。

「……特に変わりはございませんね」

「え？」

何もないということはない。確かに鏡で覗いたときには何か……赤い印のようなものが見えたのだ。

「本当に？　なにか……痣みたいな印みたいなものなんだけど……」

「お小さい頃からある腰の上の痕以外は御座いませんよ？」

眉間に皺を寄せて背中を眺めるミセス・パーカーの台詞に、どくり、とハリエットの心臓が不吉に高鳴る。

「小さい頃から？」

「はい。……あら、お嬢様はご存じありませんでした？　でもそうかもしれませんねぇ」

何でもないことのように彼女は続ける。

「お着替えの際など、お嬢様ご自身では背中を眺めることなどございませんし。湯あみの時も確認なんかなさいませんものね。あ、もしかして今回気になさってるのは、アッシュフォード公爵閣下から何かおっしゃられましたか？　でも……そんなに見苦しいようなものではございませんよ」

どきどきと鼓動が煩(うるさ)く鳴り響き、耳鳴りが始まる。目の前がちかちかするのを振り払うように首を振り、ハリエットはぎこちなく微笑んだ。

「どんな……痣なのかしら」

声が震えるのはどうにか堪え、普通の声を出そうとする。多少かすれてしまったそれに、しかしミセス・パーカーは気付かず何でもないことのように答えた。

「どんなといいますと……そうですね……ああ、船の舵のような形ですね」

瞬間、頭の中が真っ白になった。気付かずふらりと身体が傾ぐ。

「お嬢様⁉」

ミセス・パーカーが慌てて身体を支え、その温かい手にハリエットはなんとか正気を保とうとした。

だが鼓動は落ち着かず、周囲の音は遠くなったっきり戻ってこない。

「大丈夫よ」

しばらく、彼女の手の温もりに縋(すが)った後、ゆっくりと両足で立ったハリエットがかすれた声で答えた。

「ですが……真っ青ですよ？」

「大丈夫。もう平気」

そっとミセス・パーカーから身体を離して、ハリエットは鏡台の椅子の背に片手を置くと無理やり深呼吸をした。

船の舵のような痣。

それが彼女の背中にはある。

そして数日前……明るい夏の日差しが差し込む部屋で、サディアスはハリエットを抱いた。それも、後ろから。

痣のある辺りに口づけて。

――わたくし、彼から直接聞きましたの。あなたと結婚すると尽きぬ幸運が手に入る。だから結婚するんだってね――

不意にレディ・イーディスが告げた台詞が脳裏をよぎり、胃が冷たい手でぎゅっと握られたように痛んだ。

サディアスが彼女に会いに行くような時間はなかったと思う。なにより、サディアス自身がイーディスとの関わり合いを拒否しているように思えた。

だがそれはハリエットが勝手に「そうだ」と思い込んでいるだけで実際は違うのかもしれない。

そう。何もかもが憶測だ。

(いいえ、まだサディアスから聞いたと決まったわけじゃないわ。レディ・イーディスも社交界に流れるリズヴォード伯爵家にまつわる噂を聞いただけかもしれない……紳士クラブに流れているというのなら、そこに通う誰かから教えてもらった可能性だってある)

ではサディアスはこのことを知っているのだろうか?

縋るように椅子の背に置いた手を握りしめ、ハリエットはきっと顔を上げた。鏡に映るのは険しい表情の自分だ。

まだ何も確定していない。事実がなんなのかもわかっていない。ならば確かめるだけだ。

(サディアスに直接聞いても教えてはくれないでしょうね……)

兄の居場所も、現在どういった手を打っているのかも、ハリエットは教えてもらっていない。

だからこそ、自分で調べようとドーズ弁護士に連絡を取ったのだ。

それに、サディアスは知らなかったに違いないとも思う。そういった下世話な話をアッシュフォード公爵にしようと考える連中がいるとも思えない。

何故なら彼は運など必要ないほど成功しているのだから。

知っているのだとしたら、兄を助けた時に直接教えられたのだろう。

手早くドレスを着ながら、ハリエットは脳裏に浮かぶイーディスの台詞を打ち消すべく、たくさんの『説』を考える。だが、唯一絶対なのは「確たる証拠」を見つけることだろう。

(サディアスはリズヴォード伯爵フォルト家に関する言い伝えは知らなかった……少なくとも私と結婚を決める前には……それがわかれば……)

ハリエットと結婚することになり、調べるうちに気付いたのかもしれない。そのくらいは許容範囲だ。

(——知っていて図書館で近づいた……なんてことはきっとないわ)

来た時と同等の慌ただしさで、ハリエットは屋敷を辞した。

元から、サディアスに内緒で出てきているのだから、早々に帰らねばならなかった。だが今はそれ以上にサディアスが帰り着く前にアッシュフォードの屋敷に戻っていたい。

何故なら、「証拠」を探したいからだ。

ハリエットが幸運の女神なのだと、彼が全く知らなかったという証拠。

サディアスは曲がりなりにも公爵だ。結婚する相手のことを調べるくらいはするだろう。タッドのままならそんな調査など必要ないが、由緒正しいアッシュフォード公爵が、どこの馬の骨ともわからない娘を妻にするはずがない。

（きっとどこかで私のことを調査してるはず……）

帰り着いた屋敷の、玄関ポーチの階段を今度も駆け上がり、ハリエットはサディアスがまだ戻ってきていないのを確認すると静かに……でも素早く彼の書斎へと入り込んだ。

心臓が早鐘のように鳴り、耳の奥がきんとする。冷たく震える指で書斎の机の引き出しを開け、心の中で盛大に謝りながら、ハリエットはきちんと分けられたファイルを辿って行った。

夫が戻ってくるかもしれないという緊張感と、勝手に机の引き出しをあさっているという罪悪感からますます胃が痛み始めるが、懸念を振り払いたい一心で、ハリエットは書類を調べ続けた。

そして。

引き出したファイルの間から、ひらりと一枚の紙が落ち、ハリエットは何げなくそれを手に取った。

無造作に押し込まれていたらしいそれの、簡素な封筒に兄のサインが入っている。消印はアッシュフォードの北方の領地の物で、上部が開いている。

中の手紙を見てはいけないとそう思うが、兄が送って寄越したものだ。ここに何か事情が記されているかもしれない。

震える手で薄い紙を中から引き出せば、そこには見間違えようのない兄の筆跡で、お礼が述べられていた。

――アッシュフォード公爵閣下殿

この度は公爵閣下のお力添えと、我が家の『幸運』の力のおかげかとてもスムーズに調査が進んでいます。

このままいけば、我が家の借金を返して余りある収益を得られそうです。

やはり、公爵閣下にご相談して本当によかった。

我が家が苦境に立たされた時に訪れる幸運の女神、などという話はほとんど信じていませんでしたし、先週お話しした時も本当にこうなるとは思っておりませんでした。

閣下にそれを思い出させていただいて本当に感謝しております。

ハリエットに関してはわたしからきちんと話をして、正式に閣下との婚姻を認めさせてみせますので、どうかこの件は内密にお願い致します。

リズヴォード伯爵　コリン・フォルト――

消印はハリエットが結婚を申し込んだ日の翌々日になっている。その時点で「先週」と兄が記載していることから、サディアスが兄と会って、何らかの話をしたのはハリエットが結婚を申し込む前だということだ。

（私が結婚を申し込む前から……サディアスは幸運の女神について知っていた……）

膝から力が抜けていくような気がする。

いつから知っていたのか。社交界に幸運の女神の噂が流れたのはいつだろうか。サディアスはハリエットが幸運の女神だと気付いて近づくために兄に話しかけたのか。

……図書館通いをするハリエットに目をつけて話しかけてきたのか……。

そうじゃないと思いたい。

なのに完全にはそう思えない。

そっと元あった場所に兄の手紙を戻し、ハリエットは書斎を出た。

この兄の思わせぶりな手紙以外、サディアスがハリエットを調べたような形跡は出てこなかった。

でもこれだけで十分という気もする。

リビングに戻り、心身ともに疲れたままソファに腰を下ろす。

これからどうしたらいいだろう……。

（お兄様に確認……でもどこにいるのかわからないし……ならタッドに直接聞いてみる……？　駄目ね、本当のことを言うとは思えない）

そもそも、自分は何を気にしているのだろうか。

両膝をソファの座面に引き上げ、ハリエットは立てた膝に顔を埋める。

結局、シェイタナもサディアスも自分が持つ、『幸運の女神』という力のみを求めていて、ハリエット自身にはなんにも魅力がなかった……それだけだ。

シェイタナがどうして執拗に自分と結婚したいと迫ったのか、その理由がずっとわからなかったがそういうことだ。

ではサディアスは？

一度転がり落ちた思考は、どんどんと悪い方に転がっていく。

（私に近づくためにわざと変装して図書館に来ていたのかしら……）

今思えば、変なことだらけだ。

望めばどんな人でも手に入る……それこそ隣国の王女とだって結婚できる位置にいる公爵が、わざわざハリエットのような人間を選ぶなんて。

声をかけてきたのだって、こういった裏があるのだと仮定すれば納得いく。

閉じた瞼の奥がじわりと熱くなり、胃の腑が震える。

結局、ハリエットが知っていたタッドなる青年はどこにもいなかったということだ。

いたのはタッドを演じ、計算高く自らの利益を優先して花嫁を選ぶ、どこまでも利己的な人間だった。

それを愚かなハリエットは見抜けなかった。

そういうことなのだ。

痛いくらいにきつく、奥歯を噛み締める。抱えた膝に、刺さるのではというほど強く爪を立てる。

新たな痛みを刻まないと、胸の痛みに負けて喚きたくなってしまうから、とにかく必死で。

そうしないと泣き叫んで……愛を乞うてしまいそうで――……。

その瞬間、ハリエットの脳裏に何かが煌いた。

銀色の鋭い光を放つ、刃のような何か。

それが心臓を直撃し、代わりに苦し気な吐息が喉から漏れた。

嗚咽になりそこなった、溜息とも違う、苦悩に満ちて震える吐息。

飲み込み損ねたそれを思わず吐き出せば、徐々に体中から空気が抜け、代わりに腹の奥に、震えるような怒りの炎が灯り始めた。

それと同時に、強い強い、衝動も。

「う……あ……」

今度は声が出た。

「あ……あ……あっ」

叫ぶような声。

「ああああああッ！」

喉を逸らして大声を出し、ハリエットは勢いよくソファから立ち上がった。

「これじゃだめだわ！」

腹の底から声が出た。

それと同時に息を吸えば、どっと空気が肺に取り込まれ全身に気力が巡っていく。

「これじゃダメなのよ！」

もう一度声を出す。

そうだ。

これじゃだめだ。

すでにハリエットはアッシュフォード公爵夫人として社交界に紹介されてしまった。サディアスと結婚してしまったのだ。

相手にどんな思惑があったのか。それを思ってうじうじしてはみたものの、よくよく考えたらハリエットはすべてを納得して了承したのだ。

脳裏に刃のごとくひらめいたのは、あの時の自分の感情。

彼がどんな人間でもいい。貧乏でも、きっと自分が支えていく。タッドしかいないと、あの時彼を選んだのは誰でもないハリエットなのだ。

その事実を棚に上げて騙されていたのかもしれない、なんてよく言えたものだ。

結婚を強要されたわけでもなければ、彼に利があるように振舞えといわれたことも、望まぬ何かをタッドから強いられたこともなかった。

彼は優しかった。ずっとずっと優しかった。

それがすべて、ハリエットの隠された血の力を得るための演技でお芝居だったのだとしても、騙された自分に何か不利益があっただろうか。

(私はこの結婚に満足してた。むしろタッドと……サディアスと一緒になれて本当によかったと思っている。それが……たったこれっぽっちの不確定な情報を前に揺らいでどうするのよッ)

確かにサディアスには不透明な部分があるかもしれない。それでも、サディアスが自分に向けてくれた感情が、たとえ偽物だったとしても、ハリエットは嬉しかったのだ。

ならそれを真実だと信じて何が悪い。

(嘘を吐いていたのか……本当のことは何なのか……それはこれから見極めればいい)

隠していたというのなら、それを暴いてから考えればいい。

丸ごと全部分かり合えるだなんて、どうして思ったのだろう。それこそ傲慢な考え方だというのに。

ハリエットはぱしぱし、と何度か両頰を自らの手で叩き気合を入れ直した。

今すぐ、サディアスを探しだして伝えなければ。

自分は確かに幸運の使者であり、幸運の女神だと噂話になるような人間かもしれない。

それをサディアスは知っていて、その力だけを求めて結婚しようと決めたのか、それともハリエット自身を好ましく思って結婚話を受け入れたのか、はっきりさせなくては。

すべてはそこからだ。

(今日、タッドはどこに出かけたのかしら……)

彼の居場所を聞くために、誰か人を呼ぼうと立ち上がったところで、「奥様」と執事がリビングの入り口から声をかけてきた。

「旦那様から伝言が来ております」

「え？」

今から夫に会いにいこうとしていた矢先に届いたそれに、鼓動が不規則に高鳴る。

何となく嫌な予感を覚えながら、彼女は執事が銀のお盆に乗せて差し出す一枚の紙を取り上げた。


連中がどこにいるかわからないし、俺の心臓のために、おとなしく屋敷にいて。いいね？——

ただ傍にいられないことだけが心配だ。

すまないが、領地で少し問題が起きた。解決次第すぐに戻るから心配しなくていい。

——愛しいハリエットへ

最後に記された彼のサインをハリエットは穴が開くほどじっと眺めた。それから顔を上げる。

もし、昨日までのハリエットなら大人しくここで待っていただろう。

だが自分とサディアスの結婚に思いもしなかったものが絡んでいるのかと、不安が影を落としている現在、まるっとすべてを信じることは困難だった。

彼は領地に出かけてしばらく戻ってこられないという。

（それなら私と一緒に行ってもよかったのではないの？　領地に連れ帰りたいって言ってたのに。それができないってどういうこと？）

確かに自分はサディアスを信じようと思うし、領地で何かが起きたというのは本当のことだろう。なのに、彼はハリエットを置いていくという。

（……それは、私に見せたくない、知らせたくないことがそこにあるってことだわ）

例えば愛人……それこそレディ・イーディスが得意げに語っていたような秘密の関係を持つ相手に会いに、領地に帰ると嘘をついているのかもしれない。

だが――……それでもいい。

愛人とはもっと違う、何かハリエットにとって恐ろしいことがそこに展開しているのだとしても、自分の眼で確かめる。それしかないと、たった今決意したばかりなのだ。

（私のために隠しているのかもしれないけど……）

どんなものを目にするにしても、自分はタッドを……サディアスを諦めたりしない。

絶対に。

くしゃり、と手にしていた手紙を握りしめ、ハリエットは顔を上げた。静かに佇（たたず）む執事に公爵夫人として堂々と告げた。

「この手紙を持ってきた者はまだいますか？　旦那様がどの領地に向かったのか、私は知る必要があるんです」

サディアスが伝言を持たせた少年は、「自分はマーカス先生の事務所で仕事をしている」と胸を張って教えてくれた。

マーカスというのはダントン伯爵家の次男で、領主からの手当てだけで生きるのをよしとせず、法律の道に入った変わり者で、サディアスの友人兼事務弁護士を務めている。

「それで？　お二人はどこに行くとか話してなかったかしら？」

ご褒美に地下のキッチンでクッキーをもらっていた少年は、突然現れたハリエットに見惚れながらもはきはきと答えてくれる。

「先生は事務所に残られました。お客様の紳士は馬車でそのまま出ていかれましたよ」

弁護士事務所で何を聞いたのか……それがわかればなと、唇を噛んで考え込んでいると、紅茶を一口飲んだ少年が「そういえば」と言葉を継いだ。

「紳士の方は先生に、王都よりも涼しいのがせめてもの救いだ、っておっしゃってました」

「！」

その言葉にハリエットが目を見張る。

王都より涼しい。それはつまり、ここより北……兄からの手紙が届いた領地ではないのだろうか。

「ありがとう。こっちのケーキは私からね」

料理番頭からチョコレートケーキを一つ受け取って渡し、目を丸くしてぽかんとする少年を残して階上に向かう。目まぐるしく色々なことを考えながら、ハリエットはどうすべきかを必死にまとめようとした。

十中八九、彼は兄が手紙を出した北の領地に向かおうとしている。そして兄はそこに潜伏していて、厄介ごとが起きたのだ。

(シェイタナに見つかったのかしら……)

兄の居所が知れて借金返済を迫られ、それを食い止めるために領地に向かった……?

(無いとは言えないわ)

ではハリエットはどうしようか。

寝室の扉の前に立ち、彼女は目を閉じた。

ここでの生活が瞼の裏をよぎり、優しく微笑むサディアスの、柔らかな金色の瞳を思い出す。

サディアスの帰りを待つのが一番だと理性ではわかっている。でも後から事情を説明されるくらいなら、この目で見たい。それは揺るがないと、わかるから。

「クライス」

傍に控えていた執事が「はい」とかしこまった返事をした。

「明日一番にサディアスが向かったと思しき領地に向かいます。準備を」

「かしこまりました」

短く告げて、執事は諸々(もろもろ)準備をするために踵を返した。

急に慌ただしくなる屋敷の中で、下っ端のメイドは聞き耳を立てた。

最近この仕事を始めた洗濯（ランドリー）メイドの彼女は、家政婦頭から綺麗な下着類を大急ぎで用意するよう、先輩が言われているのをはっきりと聞いた。

これからここの主はどこかに向かうらしい。

こうしてはいられない、と彼女はこっそり裏口から通りに出た。

そして暮れ始めた街路をトップスピードで走り出したのである。

9. 最悪な再会

北の領地にいるであろうサディアスに不意打ちで会いにいく。そのために、早朝、まだ夜も明けきらぬうちに馬車に飛び乗ったハリエットはそこまで半日はかかると聞いて溜息を呑み込んだ。

すでに用事を済ませたサディアスと入れ違いになる可能性がある。だが、その時はその時だ。

何が起きているのか、兄がいるのか探せばいい。

夏の馬車の旅は暑く、道は埃っぽい。上部だけ開けた窓から流れ込む風は温く、扇で胸元をあおぎながらハリエットは唇を噛んだ。

お腹の奥には冷たい氷の塊があって、四方八方に冷気を放っているというのに、身体の外側は暑く汗が噴き出してくる。

かなりの速度で走ってはいるが、日が高くなるにつれて馬の疲労が大きくなっていく。もちろん、乗っている人間の疲労もだ。

お昼を過ぎた辺りで、御者が車体との間にある小窓に顔をのぞかせた。

「奥様、この先に宿屋がありますが少し休憩なさいますか？」

だいぶ参っていたハリエットはその提案に一も二もなく頷いた。

「お願いするわ」

ゆっくりと馬車が止まり、御者と隣に座っていた従僕が急いで宿へと向かっていく。隣でぐったりとしている侍女を励まして、ハリエットはレティキュールとボンネットを取り上げると馬車から降りた。

中と大して変わらない熱気が身体を包み、手にしたボンネットを被る気にもならず、ハリエットは周囲を見渡した。

石造りにスレート屋根の宿の向こうに、点々と草屋根の小さな家が見える。どうやら小さな集落のようだ。

宿の馬丁が一人、ハリエットが乗ってきた公爵家の馬車に近寄り、御者が何か話している。

従僕は宿の入口へと消え、残されたハリエットはつらそうな侍女を、宿の廂(ひさし)の下に置かれたベンチへと座らせた。

それから彼女は暑い車内からの解放感を楽しむように両腕を伸ばして大きく深呼吸をした。

草の香りが肺いっぱいに満ち、視線を転じた先に木立とその枝にぶら下がるブランコが見えた。ぶらぶらとそちらに歩み寄った彼女は、手作りのそれに腰を下ろすとゆっくりと揺らし始める。

(サディアスはまだ領地にいるのかしら……)

温い風を切って、ブランコの速度が徐々に増していく。

(それとも戻ってきている……？)

事務弁護士からもっと詳しく話を聞いて、それから出てくればよかっただろうかと、何度目になるかわからない逡巡（しゅんじゅん）を繰り返す。

でも、あの場で弁護士の元に向かい問い詰めたとしても、きっと教えてはくれなかっただろう。

ふうっと溜息を零し、ハリエットはブランコの座面に立って大きく漕（こ）ぎ出（だ）した。

その瞬間、ふと風を切るごうごうという音の中に、かすかに馬のいななきと車輪の音を聞きつけてハリエットは目を瞬いた。

漕ぐのをやめてじっと宿の入り口の方に目を凝らせば、やがて一台の馬車が姿を現した。

（また旅人かしら）

この街道はそこそこ人通りがある。誰かが北に避暑に向かうのだろうとさして気にも留めていなかったのだが、自分たちの馬車の動きを封じるようにして止まったそれに、嫌な予感がした。

ブランコから、ゆっくりと大地に降りる。

木立の後ろに隠れて様子を窺えば、こちらの馬車を足止めしたそれから降りてきた人物に目を見張った。

（レディ・イーディスとシェイタナ⁉）

二人は何やら話しながらじろじろとハリエットの乗ってきた公爵家の馬車を眺めていた。

先ほどの嫌な予感がさらにさらに募っていく。

（何故あの二人が一緒に……？　それに、なんでこの宿に来たの？）

自分達のあとをつけてきたのだろうか。それにしては、何か真剣に話し合っている。

（……それともサディアスを追ってきた？）

そうかもしれない。

サディアスが領地に帰ることになった理由がシェイタナだとしたら、夫は先回りをして領地に向かったと考えられる。

ではレディ・イーディスはどうだろうか。

（彼女はサディアスを手に入れたい、シェイタナは幸運の女神という私を手に入れたい）

彼らの利害は一致する。

本能が『ここにいてはいけない』と訴え始め、ハリエットは二人がまだ、この馬車がアッシュフォードの馬車だと気づいていなければいいと祈り始めた。幸い、彼女の侍女はまだ宿のベンチに座り込んだままだ。レディスメイドなので彼女の格好はどこかのご婦人に見えなくもない。

自分が出発を促さなければ馬車は止まったままだし、その間にあの二人は気付かずに立ち去る可能性の方が大きいだろう。

そうなったら後は、素知らぬふりで二人をつければいいのだ。

大きな木の陰に隠れたまま、ハリエットはひたすらにシェイタナとイーディスが立ち去るのを待った。

じりじりとした暑さが肌を焼き、ハリエットの顎を汗が伝って落ちていく。ぎゅっと木の皮に爪を立てたまま待っていると、やがて二人は馬車へと戻り始めた。

宿から彼らの従者が冷たい水の入った鉄製の湯たんぽ、それから食料を持って戻ってくる。

ハリエットの従僕はいまだ宿にいて出てこない。

このまま去ってくれと、祈りにも似た思いで見つめていると、シェイタナがイーディスに手を貸して馬車に乗せた直後、従僕が表に出てきた。

大股で歩いた彼は、ベンチに座り込む侍女に声をかけ、顔を上げた彼女が周囲を見渡し、目に見えて青ざめた。

「奥様は？　奥様はどちらです？」

狼狽した声が、木に隠れるハリエットの耳にも飛び込んでくる。

その瞬間、ハリエットは心に決めた。

彼女の言う『奥様』が誰か、連中に気付かせてはいけない。すべては『サディアスに何が起きているのか』この目で見るために行動をしているのだ。

それが、ここで件の二名と顔を合わせてしまっては意味がない。彼らが取る行動に自分が影響を与えてしまうのもそうだし、逆もまたしかりだ。

奥様、奥様、と完全に取り乱す侍女に、馬車に乗ろうとしていたシェイタナが気付いて降りてくる。

外面だけはいいのだ。彼は紳士然とした態度で弱り切る二人に声をかけた。

（行くしかないわ）

馬車で半日、ということだから恐らく残りは三時間くらいだろう。

向こうの村で馬を借りて馬車には使いを出そう。幸い、持ち出したレティキュールにはお金がある。

夏の大きく伸びた下草の中を、ハリエットは一目散に駆けだした。従僕と御者、侍女がしばらくハリエットの身元を明かさないでくれればいいとそう願いながら、村に向けて駆けていく。

だがすべてはそう、上手(うま)くはいかなかった。

やっと一軒の家に辿り着き、戸を叩こうとした矢先に後ろから馬車が近づいてきたのだ。はっとして振り返ったその視線の先に、止まった黒塗りの車体から飛び降りる影が見えた。

(シェイタナ……!)

続いて降りてきたのは、ドレスの裾をふわりと翻し、冷たい顔でこちらを睨む女性だ。

二人の姿に警鐘ががんがんと脳裏に鳴り響くが、構わずハリエットは胸を張った。

「これはこれは……二人揃ってどうかしましたか?」

ここが小さな集落の一軒の家の前ではなく、まるでパーティ会場だというように落ち着き払ってそういえば、イーディスが一歩前に出た。

「貴女こそ、ここで何をしてらっしゃるのかしら? レディ・リズヴォード」

せせら笑うようなその言葉に、ハリエットはカチンときた。

公爵夫人(ユアグレイス)でもなければ、レディ・アッシュフォードでもない、結婚前の敬称。

ふつふつと滾るような苛立ちを堪え、ハリエットは冷徹な笑みを浮かべた。

「今はその名ではありませんのよ、レディ・イーディス。お忘れですか？　私はアッシュフォード公爵夫人です」

わきまえなさい、と言外に込めるように睨みつければ、真夏の太陽の下で奇妙なほどに彼女の顔が歪んだ。だがそれも一瞬で、優越感がその面に現れる。

「そう言われても……こんな、はしたない格好で外をうろつくような女が公爵夫人ですって？　……ああ、なんて可哀想なサディアス」

「…………どういう意味かしら」

静かに尋ねると、はっと短くイーディスが吐息を漏らした。

「自分が何故、アッシュフォード公爵夫人に選ばれたのかまるで気付かず、彼の奥さん面をしてるなんて……そしてそんな女を選んだサディアスが可哀想だと申してますの」

「……申し訳ありませんが、マイレディ。私と公爵閣下は愛情で結ばれております。それなのにあなたは違うと言う。その理由を聞かせては貰えませんか？」

彼女の悪態を聞き流し、公爵夫人然として尋ねれば、苛立ったようにイーディスが切り返した。

「言ったわよね？　サディアスはただ単にあなたの『血』が欲しかっただけなの。幸運の女神としての『血』がね。それがなければあなたみたいなぱっとしない女が選ばれるわけないでしょう？」

最後には勝ち誇ったように告げるイーディスに、しかしハリエットは心の底から確信した。

まだ、タッドがアッシュフォード公爵だと知らなかった頃。社交界で人に囲まれている時の彼は冷め切った眼差しで周囲を見渡していた。その彼にしなだれかかるようなイーディスを彼が選ぶわけがない。

それに気付いていない彼女が、ハリエットには哀れに見えた。

「だからといってあなたが選ばれるとも思えませんけど」

ハリエットの知るサディアス・クローヴは、理知的で優しく、ハリエットをひどく甘やかす。

それは、ただ単に愛玩動物として可愛がるのではなく、二人で過ごした図書館での時間や、屋敷での時間を尊重し、互いを想い合った結果としてのものだ。

その時間で識った彼が、こんな品のない物言いをする令嬢を選ぶはずがない。

思わず漏れたハリエットの本音に、かっとイーディスが目を見開いた。

そのまま、つかつかと近寄るとぐいっとハリエットの手首を掴んで引っ張った。

思わずたたらを踏む。

至近距離で見るイーディスは、白い夏の日差しの下、揺れるボンネットの陰で唇をゆがめて歯を剥き、ぎらぎらした眼差しでこちらを見ていた。

「いい気にならないで頂戴ッ！　アンタみたいな何のとりえもない女を選んだのは有益な部分があるからで、そうでなければ何故アンタみたいな女を選ぶというのッ……間違ってるのよ……そんなの、間違っているのよッ……！」

掴んだ手を引かれ、振り回される。醜悪すぎる様子に、ハリエットの疑念は氷解し、サディアスを信じる気持ちだけが煌々と光を放ち始めた。

（こんな人間に……負けるなんてありえないっ）

自分達を騙そうとする存在があり、それを見極めたくてたくさんの本を読んだ。知識を得ると、彼らのぼろが見え始め、兄を護ることができるようになった。

その過程でこうやって憎々し気に睨まれることもあり、その度に、ハリエットは学んだ。

こんな程度の低い人間に、負けるなんてありえない！

掴む手を取り返し、彼女は冷ややかにイーディスを見た。

「あなたがどんなに喚こうが、悪態を吐こうが、悪評をたれ流そうが、私は別に構わないし取りあうつもりもないわ。ただこれだけは覚えておいて。私が幸運の女神だろうが何だろうが、サディアスが私をどう思っていようが関係ない」

眦(まなじり)を決して言い放つ。

「その分だけ、私がサディアスを愛せばいいのよ」

利益のために選ばれたのだとしても、最終的には「ハリエットを選んだよかった」とそう言ってもらえればいい。

それで十分だ。

くるりと踵を返し、ハリエットは視界から醜悪な存在を閉め出す。高揚した気分のまま、ぐっと胸を張って歩き始める。

今はもう、サディアスから何を言われようが、彼を信じる気持ちは揺るがない。その確信が心地よくて、北の領地で何が待っていても全然かまわない気がしてきた。

馬を借りるのはなしだ。宿で待っている侍女達の元に戻って、優雅にサディアスの前に降り立てばいい。こんなことなら最初からそうしておけばよかったと、どこか誇らしい気持ちでいたハリエットは、続く怨嗟の言葉に足を止めた、

「……いいこと、わたくし達はこれからサディアスに会いにいくところでしたのよ。サディアスはあんたのような薄汚い女と離婚して、わたくしと結婚するの！　そしてあんたはこの、ミスター・シェイタナと結婚するのよ！　今日！　いまから！」

喚くようなその言に、ハリエットは心の底から呆れてしまう。

そんな暴挙がまかり通るわけがない。サディアスが許すわけがないと、振り返って言い返そうとして。

「!?」

嫌な匂いのする布で口と鼻をふさがれてハリエットは一気に後悔した。

何故、彼らが暴力的な手段に出ると思い当たらなかったのだろうか。何故イーディスが喚いた内容を荒唐無稽だと頭から否定してしまったのか。

じたばたと暴れるが、後ろから羽交い絞めにあい、身動きが取れなくなる。

（少し考えればわかったのに……！）

イーディスの後ろに控えていたシェイタナが何もしない保証なんてなかったのに。

だが派手に暴れるイーディスに目が行って警戒を怠った。

彼女は言っていた。

サディアスに会いにいく。ハリエットはシェイタナと結婚する。

シェイタナと組んだイーディスが、ハリエットはシェイタナに身体を許していて身ごもっているなどあることとないこと訴えるつもりだったのか、それとも兄を見つけて借金を返せと迫り、イーディスと公爵に迷惑をかけるなと説得するつもりだったのか。

……とにかく、ハリエットのいないところで何かしようとしていたのだろう。

それくらい、考えればわかったはずだ。

徐々に遠くなる意識の果てで、ハリエットは己の愚かさを呪った。

だがそれでも、意識を失うその刹那まで、彼女は考え続けた。この危機的状況を脱するにはどうしたらいいのか、と。

自分の手足となって動く人間が欲しい、という理由だけでサディアスは使用人達の中に特殊な技術を持った者を密(ひそ)かに紛れ込ませていた。
普段、彼らは自分に与えられた仕事をこなしている。

だが有事の際には自分の部署の命令系統を無視してサディアスの命令でのみ、動くようになる。

そのうちの、屋敷の残してきたランドリーメイドの一人から連絡が来た。

奥様がそちらに向かって移動を開始しそうです、というものだ。

「やれやれ……」

メイドが早馬で届けさせたその手紙を丁寧に畳み、サディアスは困ったように……でもほんの少し嬉しそうに溜息を吐いた。

北の領地で『作業中』に落盤事故があったと聞き、大急ぎで駆け付けた。

被害はそれほどでもなく、怪我人もいなくて安堵し、これならハリエットを連れてきてもよかったなと思ったくらいなのだ。

だが『彼』がいるために、かえって心配をかけるかと気をまわしたのが裏目に出たらしい。

「いかがいたしますか？」

普段は庭師として働いている男が、直立不動でサディアスの執務机の前に立っている。

「迎えを出そう。きっと近くまで来ているはずだし、何かあっても困るからね」

こうなってはハリエットを追い返すマネができるわけもない。

本当は自分で迎えにいきたいのだが、と手元の古い紙に視線を落として目を細める。

進捗としては『あと少し』という所まで来ているらしい。

調べさせていることも順調で、すべてが出揃えばもう懸念は何一つないということになるだろう。

日差しがまっすぐに差し込む窓を振り返り、サディアスは目を細めた。ここは王都と違ってだいぶ涼しい。海が間近に迫っているし、夏の残りはここで過ごすのもいいかもしれないと心が弾んだ。

一礼をして、特殊任務の使用人が出ていこうとしたその時、もう一人が飛び込んできた。ひどく慌ただしい靴音に扉を振り返れば、血相を変えた部下がその場に勢いよく跪く。

「申し訳ありません、シェイタナとハーグレイブ伯爵令嬢の動向を探っていた際に、奥様が――」

そこから先の報告は続かなかった。

一瞬で立ち上がったサディアスが二歩半で部下の元に辿り着き、膝を折ってしゃがみ込むと、彼の頬を掴んで持ち上げたからだ。

「ハリエットが、どうしたのかな？」

ゆらりと陽炎（かげろう）のように立ち上る彼の殺気を前に、部下は真っ青になる。

「……わ、我々の力不足でした。追いついた時にはすでに奥様は連中の手に――」

乱暴に部下を突き放して立ち上がり、サディアスはふうっと長い溜息を吐いた。それから前髪をかき上げる。ぎらり、と金色の瞳が物騒な光を弾いた。

「オーダーだ。お前は急ぎ例の現場へ行ってどこまで進んでいるのか、例の物を見つけたのなら戻ってこいと伝えろ。お前は五分以内に準備をしてハリエットの所まで俺を案内しろ」

は、と短い返事を寄越し部下二人が慌ただしく動き始める。

ぎり、ときつく手を握りしめ、サディアスは連中が相当追い詰められていることにようやく気が付いた。サディアスが屋敷に妻を残して一人出かけることに、何か好機を見て取ったのだろう。

そこにハリエットがいたのは向こうには幸運、こちらにはさらなる誤算だった。

（ハリエット……！）

連中を甘く見た上に、ハリエットの単独行動を許してしまった自分のミスを後悔しながら、彼は冷酷に考える。

こんな真似をしてただでは済まさない、と。

自分が嗅がされたのは一体何だったのか、霞がかった意識の中で、ハリエットは必死に考えをまとめようとした。
だが薬品のせいで思考は定まらず、そうなると自らが学んだ知識では勝てないのだと心がくじけかけた。
それでも自分が積み重ねてきたものを否定するのは嫌で、ハリエットはとにかく事態に集中しようとした。
目が覚めた時、視界に飛び込んできたのはぐらぐらと回る景色だった。それでも石造りの壁と蠟燭（ろうそく）の香り、きらきらと日差しを受けて輝く色ガラスが見えて、ここは教会だろうと考える。

（一体何が起きるっていうの……）

決まっている。教会といえば……結婚式かお葬式だ。

心のどこかがぞっと凍り付き、ハリエットは逃げるべく必死に身体を起こそうとした。

回る視界にそれは困難を極めたが、目を閉じて深呼吸をし、力が入らない重い腕と足を動かしてどうにか寝かされている場所から移動しようとする。

鈍い音と衝撃が身体に伝わり、ハリエットは数段高い場所から床に落ちたのだと気付いた。

手足の感覚が「遠い」。

今にも意識のすべてが暗い淵へと沈んでいきそうで慌てて目を開ける。身体を引きずるように床を這いながら、彼女は何か武器はないかと必死に手を伸ばした。

遠い感覚を貫いて、鋭い痛みが走る。

必死に掴んだそれはガラス瓶の破片らしく、ハリエットは指先で形状を確かめるとお守りのように握りしめた。

「っう」

鋭い痛みがハリエットの思考にかかる霞を切り裂き、ほんの少し世界がクリアになる。それに縋りながら、彼女はどうにか前進した。

だが聞こえてきた声に失敗を悟る。

「信じられないくらい強情な女だな」

ぐいっと腰を抱かれて持ち上げられ、その乱暴な所作に振り返らなくても誰が来たのかわかった。

この妙に高圧的なものの言い方と声は紛れもなくシェイタナのものだ。

男は無造作にハリエットを肩に担ぎ上げ大股で歩く。ぐんにゃりと視界が歪み、瞼を閉じそうになるのを堪えて、ハリエットは周囲を見た。

ところどころひびの入った黒ずんだ石壁と、湿っぽい大きな扉。壊れかけたベンチが並んでいるのが見える。

やっぱり教会だと確信すると同時に、無理やり立たされ、目の前に顔色の悪い神官と無表情のイーディスを認めて息を呑む。

シェイタナに強引に引き寄せられ、ハリエットはすべてを理解した。こっそりと、取り上げられる前に唯一の武器であるガラスの破片をスカートの襞(ひだ)に隠す。

「さあ、正式な婚姻を執り行おう」

やはりそうか。

(……――冗談じゃないわ)

霞む目を持ち上げ、乱暴にハリエットを立たせる男を見上げれば、奴は口髭を捻りながらいやらしい笑みを浮かべていた。

(冗談じゃないッ)

自分とサディアスの婚姻は正当なもので、王室も認めている。それをひっくり返すことなど無理だ。

――……サディアスが、『アッシュフォード公爵』として署名していれば。

年老いた神官に助けを求めるように視線をやるが、彼はうつむいてぼそぼそと口上を述べるだけで、こちらを見ようともしない。きっと何か、弱みでも握られているのだろう。

(最低すぎて吐きそうッ)

腹の奥に怒りの炎が灯り、それが力になることをハリエットは十分に理解していた。

だが、使えるチャンスは恐らく一度だけ。気を落ち着かせるように、震える息を吐き出せば乱暴な手がハリエットの顎を捉えて上を向かされた。

例のにやにや笑いが至近距離にあり、ハリエットは我慢できなくなる。

「さあ、お前も誓いの言葉を言うんだ。もっとも、言わなくても構わない。そこにいるレディ・ハーグレイブがきっちり証言してくれるだろうからな」

眉と目を下げ、勝ち誇ったように笑うシェイタナがいっそ哀れに思えた。

もしも万が一、自分が幸運の女神だったら、絶対にこんな真似をした相手に運を授けるわけがない。

どうしてそれがわからないのか。

「……ここまでして……何故、幸運の女神(わたし)を手に入れようとする? なにか後ろ暗いことでも? 身の破滅でも迫っているのかしら?」

喫緊(きっきん)の課題とやらがあるはずだ。

そう問いかけたハリエットに、シェイタナは憎々しげにぎらぎらした眼差しを返す。

「黙れ。お前が告げていいのはわたしと夫婦になるという誓いの言葉だけだ」

怒りの滲んだその言葉に、ハリエットはぐらぐらする視界をどうにか固定し、皮肉気な笑みを浮かべて見せた。

「死んでもごめんだわ」

ぴくり、とシェイタナの口元が引き攣り、男がハリエットの襟元を掴み上げる。

怒りに歪む彼の顔を見て、ハリエットはぶたれる、と直感で悟った。

これこそが、彼女が待っていた瞬間だ。

怒りで彼が我を忘れる、その瞬間。

好機を逃さず、ハリエットは相手の顔をめがけて手に隠していた瓶の欠片を思いっ切り突き立てた！

ぎゃっと悲鳴が上がり、再びハリエットは床に落ちる。

手にした欠片が肌を引き裂いた感触も、吹き出す血と激高するシェイタナの様子も気にすることなく、ハリエットは重たい身体を必死に動かし走り出した。

衝撃にじわじわと脳内の霧が晴れていく。だがまるで夢の中で走っているように、思うように身体が前に進まない。気持ちだけが先走り、転びそうになる。

それを何度も堪え、混乱する教会からハリエットは抜けだそうとした。

獣の咆哮にも似た絶叫が後ろから響き、だが足を止めればそれだけ捕まる可能性が高まるだけだと、本能的に悟ったハリエットはひたすらに扉を目指した。

だが、激高するシェイタナがみるみるうちに駆け寄り、彼女の髪を掴んで引っ張った。

「ッ」

引き倒され、仰向け（あおむ）に倒れ込んだハリエットは、その痛みでようやく身体の不調すべてがクリアになった気がした。しっかりと目を見開き、流れた血で顔を染め上げたシェイタナを見る。

「このクソアマあああああ」

彼は血に飢えた熊のごとく、理性のない表情をしていた。

それでも、その血に塗れた顔を作り出したのが自分であることに胸の裡（うち）が清々した。

ただで何もかもくれてやるつもりなど毛頭ない。

掴みかかってくる男に、さらなる反撃を繰り出そうと、ようやく回転し始めた脳裏で目まぐるしく計算する。

視界が狭まり、力がみなぎる。

男の手が喉に届く……まさにその瞬間。

乾いた銃声が一発。

周囲の時間が凍り付き、ぽかんとしたシェイタナが音がした方に振り返った。

続けてもう一発。

ぐあああ、という汚い悲鳴と共に、腕を抑えたシェイタナがその場に頽れた。

何が起きているのかと慌てて身を起こせば、夏の真っ白な光を背景に、大きく開かれた教会の扉を額縁にして一つの影が佇んでいる。

「ハリエット！」

切羽詰まった声が名を叫び、こちらを認めてまっすぐに突き進んでくるサディアスにハリエットは全身から力が抜ける気がした。

「タッド……」

かすれ、震える声で名を呼べば、もどかしそうに駆け出した彼に力いっぱい抱きしめられた。

「ハリエット！　ハティ！　ごめん、無事か⁉　怪我は⁉」

跪いてハリエットを抱きしめる彼の手が、体中をさまよい、あちこち確かめるように撫でる。最後に、ぎゅっと手を握られた瞬間。

「痛っ」

ガラスで付いた傷が痛み、ハリエットは思わず声を上げた。反射的に手を引くも、サディアスはそれを離そうとせず、真っ青になって彼女の掌をじっと見つめた。

その様子に、ハリエットは焦った。

大丈夫だと言わなければ。大した怪我ではないし、これは自分がやったことだ。

とにかく彼を安心させるべく、そう告げようとした矢先、ハリエットの手首を掴むサディアスの手が震え、彼から獰猛な、低く、唸るような音が漏れた。

ひやり、とその場の温度も気圧も低下していくのを肌で感じ、ハリエットは身体が凍り付くような気がした。

「ま、まって、タッド。違うの、これは」

そんなハリエットの静止など全く聞かず、サディアスは白く傷ついた掌をゆっくりと持ち上げ、裂けた皮膚に唇を寄せた。労わるように口づけを落とす。

熱いものが流れ込んでくる気がして、ハリエットの身体が小さく震えた。

「こんな傷を……君に付けるなんて……」

ぞっとするほど冷たい声が、掌に口づける唇の端から零(こぼ)れ落(お)ちる。

「許されることじゃない」

ふっと顔を上げ、ゆっくりとハリエットの腰を抱いて立ち上がったサディアスが、絶対零度の眼差しでシェイタナを見た。

尻もちをつき、憎々しげにこちらを睨む男に、彼は綺麗で無駄など一切ない動きで拳銃を持ち上げ、無造作に撃った。

立て続けに四発。

鋭い悲鳴が上がった。

その絹を裂くような声に、呆然としていたハリエットが慌ててそちらを見れば、弾丸に怯(おび)え頭を抱えてうずくまるシェイタナと、恐怖に引き攣った顔で腰を抜かすイーディスが見えた。

「立てよ」

だが狂乱は終わらない。

サディアスが酷く冷静な声で告げる。

「殺してやるから」

「まって！」

ようやく事態に気付き、ハリエットが慌てて声を荒らげた。

「待って、サディアス！　ダメッ」

拳銃を構える左腕に咄嗟に両手をかけて制止した。

驚いたようにサディアスの身体が固まる。その彼に、ハリエットは必死に訴えた。

「あなたが人殺しになる必要はないわ！　こんな……こんな男のために、アッシュフォードの名を汚さないで！」

彼は高潔で、優しくて、知的で……強い人だ。

それがハリエットの知るタッドであり、サディアスなのだ。

その彼に、こんな男を殺した罪を負ってほしくない。これで十分。公爵家にたてつき、夫人をさらったのだ。それだけで十分に裁かれる理由になる。

「お願い……血を流すのは私の掌だけにして」

そっと手を伸ばし、ハリエットは強張った彼の頬に両掌を当てた。肌が熱い。かすかに親指に触れる彼の呼吸が震えている。

どうにか激情を抑えようとしているのだと気付き、ハリエットはゆっくりと彼の首に腕を回して抱き着いた。

「そして、私は大丈夫だから」

サディアスの首筋に顔を埋めて、くぐもった声でそう告げれば、大きな腕が再びしっかりとハリエットを抱きしめた。

「…………君がそういうのなら……わかったよ」

不満げな、酷く苦々しい声が告げ、頬に温かな唇が触れる。

はっとして顔を上げれば、サディアスが片腕で彼女の腰を抱いたまま、じっとハリエットを見つめている。

魅入られるほど真剣な……どこか懇願するような眼差し。

それから彼はついと視線を上げ、手にした拳銃をゆっくりと降ろした。

「さて、ミスター・ロバート・シェイタナ」

どうやら腕を撃たれたらしいシェイタナは、教会の床に無様に座り込んでいた。その目は血走り、唇を歪めて歯を剥き、青ざめた顔色でぶるぶると身体を震わせている。

興奮のあまりしゃべれない、という醜態を晒す男に、サディアスは唇に笑みを浮かべ首を傾げた。

「わたしの妻を攫ったことに対する弁解があるのなら、聞こうじゃないか」

金色の瞳がまっすぐにシェイタナを貫く。鋭すぎる視線に晒され口をぱくぱくさせた後、彼はぐっと奥歯を噛み締めた。顎が強張っているのでわかる。

それからどうにかこうにか引き攣った笑みを浮かべた。

「弁解？　わたしが何を弁解する必要があるというのですかな、公爵閣下（ユアグレイス）。調べた所、そこにいる女と結婚したのはアッシュフォード公爵ではない。タッド・クローヴというどこの馬の骨とも知れない男だ」

吐き捨てるようなシェイタナの一言に、どくりとハリエットの鼓動が嫌なリズムを刻んだ。

やっぱりそうか。ハリエットが結婚したのは平民のタッドだ。存在しない人とはいえ、貴族の婚姻のように覆せないものではない。ということは無効の申し立てができてしまう。

「残念ながら、閣下。教会の信認が得られていない以上、ハリエット嬢は誰のものでもない！　よって婚約者を取られたわたしは異議申し立てをすることができるんですよ！」

勝ち誇ったように言い切るシェイタナに、ハリエットはぎりっと奥歯を噛み締めた。ハリエットとシェイタナの婚約がどうなっているのか……借用書をしっかり確認すればよかったが、そうする暇がなく、兄が何にサインをしたのかわからない。

それでも自分は了承した覚えがないのだ。

双方の合意のない婚約など無効に決まっている。

そう叫ぼうとしたハリエットより先に、サディアスが口を開いた。

「で？」

一瞬でその場が凍り付く冷徹な一撃。

たったの一音に、シェイタナがびくりと身体を震わせた。そんな彼から一切、視線を逸らすことなくサディアスが続ける。

「あの婚姻が無効だというのなら、正しい結婚式を挙げればいいだけだ。ハリエットがアッシュフォード公爵夫人だと正式に教会に認めさせれば済む話だ。なるほど、君はハリエットが正式な公爵夫人ではないから攫って自分のものにしようとしたとそう言うんだな？」

「せ、正当な権利を行使しようとしただけだ！　わたしに対する借金はいまだ返済されていない！」

よろよろと立ち上がり、唾を飛ばして吠える。

「その借金のカタに、妹を寄越すことでリズヴォードも納得した！　それを行使して何が悪い！」

「彼は了承した覚えはないと言っている。更には君への借金を返すべく奮闘しているしね」

告げて、サディアスは背後を振り返った。

開け放たれている教会の戸口から、もう一人、誰かが入ってくる。

その姿を見た瞬間、ハリエットは目を見張った。

「お……お兄様⁉」

伯爵とは思えない格好の兄、コリンがそこに立っていたのだ。

10. 決着と甘い浴槽

日に焼け、ごわごわした生地のズボンを吊りバンドで留め、汚れたブーツとくたびれたシャツを着ているコリンは、どこか誇らしげに胸を張った。

「どうやら間に合ったな」

彼はサディアスとハリエットの前まで歩いてくると驚いて目が飛び出そうになっている妹の頬にそっと指で触れた。

「これでもう大丈夫だ、ハリエット」

言ってコリンは手にしていた袋をシェイタナの足元に放り投げた。

「約束の金だ。それを持ってとっととうせるがいい」

じゃらり、と音を立てて足元に落ちた重そうな袋。

目を見張るシェイタナの前で、緩んだ袋の口から金貨が零れ落ちる。見る見るうちに奴の顔に血の気が戻っていった。対してハリエットの疑念が大きく膨らんでいく。

どうやってあんな大金を用意したのだろうか。それも金貨で。

困惑するハリエットに気付いたのか、サディアスがそっと耳元に唇を寄せた。

「俺の幸運の女神様。フォルト家の危機を救うのにうってつけの話が我が家にはあったんだよ」

「……え？」

訳が分からず目を見開くハリエットにサディアスは愛情あふれる笑みを返す。だがその疑問に答えず、次の瞬間には冷たい眼差しでシェイタナを見つめていた。

「さあ、これでお前がハリエットに付きまとう理由はなくなった。二度と彼女の前に現れないというのなら、このまま見逃してやろう」

寛大すぎる提案に、シェイタナはぶるぶると震え始めた。

それから引き攣って耳障りな笑い声を上げた。

「こ……これっぽっちで……たったのこれっぽっちで返済だと？　笑わせるな！　わたしがそいつに勝った際の金額はもっともっと大きかったはずだ！」

歪んだ笑みがますます大きくなる。

「少なくともこの倍は払ってもらわないとなぁ！」

「そんなはずはない。証文にあった通りの金額だ」

静かに、だがきっぱりとコリンが告げる。

「世の中には利子というものがあるんだよ！」

喚き、金貨の入った袋をシェイタナが振り回す。無茶苦茶な言い分だとハリエットにもわかった。

「文句があるのなら裁判所で聞きましょう。証文はこちらにもあるんだから、弁護士先生と話をすればどっちが正しいかわかるわ！」

きっぱり告げるハリエットに、ぎらりと憎しみの宿った眼差しが向く。

「女はすっこんでろ！」

「何ですって⁉」

間髪入れずに言い返せば、そっとサディアスが彼女を抱き寄せた。見上げると、彼がふーっと長い溜息を吐くところだった。

「なるほど。その額では足りないということか」

冷たい声に冷たい笑み。

一歩、サディアスが前に出る。気圧されたように後退るシェイタナを、まるで虫けらでも見るような眼差しで見下ろしながら、彼は淡々と答えた。

「わたしの可愛い妻の頼みでお前を見逃してやろうというんだ。大人しくその金を持って消えろ」

ゆったりとしたその一言に、シェイタナが歯ぎしりする。構わず、サディアスが続けた。

「それでもまだ、その汚い口を開くつもりならこちらにも考えがある。お前のその金の出所である賭博場にはちょっとした伝手(つて)があってね。頼めばすぐに、あの日、君に手を貸した人間が見つかるだろう。あそこは確か白き虎(パール)の管轄だったかな？」

サディアスの金の瞳が炯々と輝き出す。

「――……連中が一番に嫌うのはいかさまだ。それに手を出したと知ったら……。ああ、それから、お前が手がけている事業は例の内戦で崩壊寸前だそうじゃないか」

みるみるうちに青ざめる彼を見つめたまま、サディアスは続ける。

「確かお前の事業は、仕事を斡旋（あっせん）するとうたって彼の国の人々を連れ出し――」

「やめろ！」

悲鳴のような声がシェイタナから漏れた。だがサディアスは肩を竦めるばかりだ。

「わが国では奴隷売買は禁止されている。だが下種な連中がそれを欲するのも知っている。お前自身も人には言えない趣味があるのではなかったかな？」

もはやシェイタナの顔色は酷いありさまで、青や白とは呼べない、土気色だ。

「……人に言えない趣味？」

沢山得た知識の中からそれらしい記述をいくつか思い浮かべたハリエットが、恐る恐る尋ねる。ぐ、と彼女の腰を抱く手に力が入り、ハリエットの身体を怖気が走った。

その彼女の頬に、サディアスが触れて微笑んだ。

「大丈夫。そういうのに手を染めている連中は全員、我が名のもとに罰を下すから」

触れれば切れそうなほどの酷薄な笑み。

ハリエットが何か言う前に、サディアスはすでにシェイタナに視線を戻していた。

「さて、わたしが調べた限りのお前の罪状では監獄から出ることはまず無理だろう。だが、上手く投獄を回避できたとしても、君の取引先が君の五体満足な自由を許しはしないだろうね」

ばっさりと切り捨てられて、哀れなシェイタナは震えだした。

「もちろん、例の国でも君は罪人として裁かれる。助かるために金が欲しかったんだろうが、欲をかいたな、ロバート・シェイタナ」

「……何故……お前……なんでッ⁉」

血走った憎々し気な眼差しがサディアスに向けられる。だがそれを彼は正面から受け止めもしない。視線を逸らしたまま気怠げに続ける。

「べつに。お前がわたしに盾突こうとするからだ。詰めが甘かったな、シェイタナ」

その一言に、シェイタナががっくりと膝をついた。

呆然自失となる彼にハリエットは悟る。

これから自分達は警察へと連絡する。シェイタナに暴行を加えられそうになったのだから当然だ。だが、シェイタナは監獄の方がましだと思うような……もっと恐ろしいところにも首を突っ込んでいたのだと、遅まきながらわかった。

(欲をかいたから……ええ、本当にその通りだわ……)

そっとサディアスを見上げれば、彼は社交界で見たことのある、酷薄ですべてを嫌っているような、そんな眼差しでシェイタナを見下ろしていた。

これ以上、彼にそんな顔をさせたくなくて、ハリエットはそっとサディアスの腰に両腕を回して抱き着いた。はっと彼の身体が強張る。

「タッド。もう十分だわ。後のことは他の人が方を付けてくれるはず」

告げて、ゆっくりと顔を上げる。

ハリエットの夫はものすごくびっくりした顔をしていて、その様子にほんの少し笑ってしまった。

「さっきも言ったけど、私は大丈夫。むしろ……ごめんなさい。私があなたを追いかけてここまで来なければ……」

「そんなことはない」

慌てたように答えた彼は、ハリエットの膝裏と背中に手を回すと、ひょいっと妻を抱き上げた。

「俺もごめん。やっぱり離れてはいけなかったんだ」

俺達は、と耳元で囁かれて胸の内が温かくなる。

がっくりと膝を付き、いまだ動けないシェイタナに背を向けてハリエットを抱いた夫が歩き出す。

「ああそうだ、最後にもう一つ」

その際に、思い出したという体でサディアスが振り返った。

「お前の取引先の背後にいるのは、蒼天竜(サファイア)だ。連中が動き出すのは時間の問題だぞ」

シェイタナの瞳がのろのろと持ち上がり、サディアスを映した。

更なる身の危険を告知されているというのに、彼はただぼんやりとしていた。だがその様子に構うことなくサディアスは綺麗な笑みを浮かべる。

「死ぬ気がないなら自首するか、逃走するか……さっさと決めるんだな」

今度こそ、その場を離れるべくサディアスが歩き出す。

彼に抱かれながら、ハリエットはぼんやりと考えた。

シェイタナは兄が渡した金貨で国外に脱出するのだろうか。

それとも自棄（やけ）になってこの場で終焉（しゅうえん）を迎えるつもりか。

（因果応報なのかもしれない）

彼の手で不幸になった人もいるのだと、思い当たって目を閉じる。警察の手を逃れても、他の粛清が待っている……そう、サディアスははっきりと告げていた。

暗く、じっとりとして冷たかった教会からゆっくりと抜け出せば、夏の濃い青空が頭上いっぱいに広がった。眩しさに目を細めていると、不意に誰かが背後からまろびでて、声を荒らげた。

「サディアス！」

事の成り行きにすっかり黙り込んでいたイーディスだ。

うんざりしたように眉を下げるサディアスを認め、ハリエットは思わず苦笑した。それからちょっと彼のジャケットの襟を引っ張り、驚いて見下ろす彼に一つ頷いて見せる。

こんな事態になったもう一つの原因と、今度はハリエットが対峙（たいじ）する時だ。

もう眩暈もふらつきもない。

そっと大地に下ろされた彼女は、しっかりと両目にイーディスを映した。

「レディ・ハーグレイブ」

凛とした声で名を呼び、きちんと背筋を伸ばして立つハリエットを見て、イーディスが唇を歪めた。

その彼女を睨んだまま、ハリエットははっきりと告げた。

「今後、私の夫を名前で呼ばないでいただけますか」

疑問形ではなく、ぴしりと言い切れば、彼女がますます顔を強張らせる。握りしめた手が白く震えるのを見つめながら、ハリエットは淡々と続けた。

「彼は、私の……私だけの夫ですので」

途端、イーディスが血走った目を大きく見開き、大声で喚いた。

「冗談じゃないわ！　私だけの夫⁉　あなたがわたくしのサディアスを奪い取ったんじゃないの！このメギツネ！」

「……奪い取った覚えはないわ」

その彼女を見つめ、ハリエットは静かに続けた。

「私は彼と……本当に偶然、出会うことができた。私が通っていた場所に彼がいた。そこにいた彼と……紡いだ時間が私とサディアスを結び付けたの。あなたに彼とのそんな時間があって？　彼と心が通い合った瞬間は？　彼が何を望んでいるのか気付いた瞬間は？　そして彼に何かしてあげようと願った時は？」

あるわけがない。

もしも心が通じ合っていたのなら、サディアスはハリエットを選ばずイーディスを選んでいたはずだから。

「……あ、あんただって……あんただって幸運の女神というだけで彼に選ばれただけの癖にッ」

「それは違う」

今度はサディアスが一歩前に出て、静かに告げる。

「全く違う。だが、レディ・ハーグレイブ。貴女がそんな大嘘を吹聴して回る気なら、申し訳ないがわたしも全力でお相手することになるだろうが、構わないかな？」

無感動に告げられたその台詞に、ひっと彼女が息を呑んだ。

彼から真っ直ぐに向けられるのは敵意。

そう。

アッシュフォード公爵、サディアス・クローヴからのまごうことなき敵意だ。

気圧され、イーディスが後退る。

「そ、そんな……わ、わたくしはただ……公爵夫人にふさわしい……」

「わたしの公爵夫人はハリエット・フォルトただ一人だ」

ぴしりと言い切られ、ここにきてようやく、イーディスは悟ったらしい。

もう自分が彼の隣に並び立つことはなく、ここまでした自分の計略は、見事に破綻したのだと。

その瞬間、イーディスの瞳から輝きが失われ、その場に力なく座り込んだ。

「わた……くしは……わたくしは……」

肩が震え、顔を覆って泣き始める彼女を、しかしサディアスは一顧だにしなかった。

それが彼にできる唯一の態度なのだと、ハリエットは複雑な心境で考える。

そんなことにすら気付けないイーディスは、彼の中に何を見ていたのだろうか。

（地位の高さと容姿……若さ……きっと彼女はタッドとしてのサディアスに出会っても鼻にもひっかけなかったでしょうね……）

サディアスに腰を支えられて促され、歩きながら、ハリエットは最愛の夫を見上げる。再び抱き上げられて馬車に乗せられ、何か言うより先に、乗り込んできたサディアスからキスをされた。

驚いて目を見張るも、続いてもっと深く唇を奪われ、ハリエットは身体がしびれるような気がした。

ソファの座面に押し倒され、深く口づけた後、濡れた音を立てて唇が離れる。

だが彼はそのまま額を押し当て続け、焦点の合わないぼんやりとしたサディアスの顔が視界いっぱいに映り込んだ。

「すまない……すまない、ハティ……ッ」

言葉が続かず、サディアスの顔が苦痛に歪む。

その彼に、ハリエットはぎゅっと胸が痛くなりながらも震える手を伸ばして頬に触れる。

「私こそ、ごめんなさい……あなたを信じて屋敷から出るべきじゃなかった」

その手を取り、彼が指先に口づける。

「違う。俺がもっと……いや、もしもを言っても仕方ないね」

言葉を切り、彼は両腕にハリエットを閉じ込める。耳朶にサディアスの唇が触れてハリエットの身体が震えた。

「……帰ろう、ハリエット。懸念事項はすべて片付いた。あとは当事者たちが勝手に己の身の振り方を考えればいい」

耳元で囁かれたサディアスの、情けなく震える声には、先ほどまでの冷酷さなど欠片もなくて、ハリエットは思わず笑ってしまった。

それから、温かな彼の体温に安堵しながら、この幸運を噛み締める。

（そう……私はただ……彼女よりほんの少し幸運だっただけ……）

何か、ボタン一つかけ違えるだけでハリエットの未来はここにはなかっただろう。ほんの少しの差で彼女は無事にここにいる。

「もし……」

物思いに沈みかけていたハリエットの意識が、そっと身体を離し、上からじっと見下ろすサディアスの言葉で戻ってくる。

彼はひどく不安そうにハリエットを見つめ、懇願するように囁く。

「もし……君が伯爵令嬢ではない単なる町娘でも、農夫の娘でも、職人の娘でも……俺の公爵夫人は君だけだ」

その言葉に頬が赤くなる。

「き、急にどうしたのよ」

「君が幸運の女神だから娶ったのだと、ほんのちょっとも思ってほしくない」

再びぎゅっときつく抱きしめられて、そこでようやくハリエットはサディアスが震えていることに気付いた。

「君が連れ去られたと知って、駆け付けるまで生きた心地がしなかった」

身体に響く彼の声に、うっとりと目を閉じ、それからふとどうやってここに彼が辿り着いたのか不思議に思う。

「……でも、どうして私達がここに向かっているって気づいたの？　それに私、本当に偶然、レディ・イーディス達に出会ったのよ？」

その他にも疑問がある。

彼が言っていた蒼天竜や白き虎なる単語の意味や、兄が持っていた金貨。それとシェイタナの悪行をどうやって見破ったのか。

すると不可解な沈黙の後に、彼がゆっくりと顔を上げる。間の悪そうな表情のサディアスがふうっと一つ溜息を吐いた。

「そうだね。……それじゃあ、屋敷に戻ってからゆっくり聞かせてあげる」

じっと金色の瞳がハリエットを映し、その金色に捕らえられていく気がする。ゆっくりと瞼を落とし、キスを強請るように彼の腕を引っ張った……その瞬間。

外側から馬車の扉が開き、誰かが騒々しい物音を立てて乗り込んできた。

「いやぁ、これでどうにかすんだけど、これから起きることを考えて神官さんは逃げるように言っておいたよ。二人はいまだ動けずにいたケド、これから組織の連中がくるか、レディ・ハーグレイブの迎えがくるか、はたまた、シェイタナの取引先がくるかは神のみぞ知るってところかな」

彼は馬車の中を一瞥することもなく、よっこらしょ、と乗り込んで座席に腰を下ろし、驚いて身を起こすハリエットの仰天した瞳を覗き込んで笑った。

「それと我が妹よ！　結婚おめでとう！」

「…………………………ありがとう」

今はそれどころじゃないのだけれど、どうにか答える。

能天気な兄は、にこにことこれからの展望を語り、それを聞いているうちに、ハリエットはどっと押し寄せる疲労感に襲われた。彼女は目を閉じるとサディアスに凭れかかる。

ひとまずこれで、懸案事項はなくなったわ、と心の隅で考えながら。

屋敷に着くなり浴室に連行されたハリエットは、散々断ったにも関わらずサディアスの手で服を脱がされ、旅の疲れやその他もろもろの疲れを癒すためにとお湯へ沈められた。

もちろん、その数十秒後には夫が入ってくる。

薄く漂う蒸気の中を、すらりとして鍛えられた身体を持つ彼がゆっくりと歩く。引き締まった腰や、長い脚に、ハリエットはお湯のせいだけでなく、真っ赤になった。

公爵家では最新のボイラーが使われており、温かなお湯を大量に使用することができる。

浴槽は大理石を切り出したもので大きく、何故か獅子を模したオブジェの口からお湯が流れていた。どんな設備なのだろうかと、どうにか夫から視線を引き剥がし、確かめようとする。だがサディアスの膝の間に座らされては長くは続かない。

くすぐったいような恥ずかしいような、そんなもどかしい感情に身を固くしながら彼の脚に極力触れないよう縮こまっていると、ゆっくりと手を伸ばしたサディアスがハリエットの腰を抱き寄せた。

彼の頬がハリエットの首に触れ、ぞくりと甘い痺れが背筋を伝う。彼が悪さを始める前にと、彼女はそっとサディアスの手に触れた。

「それで、兄はどうやってあの金貨を手に入れたの？」

これだけは聞いておかねばなるまい。

彼の広い背中に凭れかかれば、サディアスはふうっと息を吐いて浴室の縁に寄りかかり、天井を仰いだ。

「その昔……四代前の公爵の頃に、アッシュフォード北の海域を荒らしまわっていた海賊がいた。当時の公爵は領民の安全のためにこれを討伐したんだが、海賊の親玉は彼に全財産を取られるのを嫌い、持っていた財宝をどこかに隠したんだ」

　四代前の公爵が手にできたのは、その宝を隠した地図だけだった。

「それは複雑な様式で書かれていてね。最終的には我が家の図書室を飾る絵画の一つに成り下がっていた。でもフォルト家の話を聞いてもしかしたらと思ったんだよ」

　彼が説明した大金の取得方法にやや呆れながら、ハリエットはサディアスの腕をそっと撫でる。

「我が家に伝わる『幸運』とやらにあやかろうと考えたわけね」

「もちろん、伯爵一人にやらせたわけじゃない。歴史学の観点からその地図に興味を持っている学者がいてね。趣味で研究をしていた。その彼とコリンを引き合わせて、金貨が見付かれば報酬を出すと約束したんだ。もちろん、そのための人手や道具の資金はこちらが出している」

　突然の依頼に学者は大喜びした。

　彼は何年にもわたった独自の調査を証明するべく奮闘。そこにコリンが持ち合わせている『運』が味方になった。

　浴室をいっぱいに満たす柔らかな湯気。その霞の向こう、ガラス張りの天窓を見上げてハリエットが感慨深げに呟いた。

「ただ幸運を待つだけでは、何がどう作用するかわからない。でも、こちら側で作用しそうな要素を用意すれば……そこに成功が約束されるとそういうことね？」

「悪くない賭けだったよ」

ちゅ、と耳朶に口づけが落ちてきて、ハリエットの背中が震える。温かなお湯を潜ってサディアスの掌が胸の前へと移動してきた。

白く丸い膨らみに五本の指が絡みつき、肌の弾力を確かめるように動き始める。

「んっ」

むずかるように首を振れば、さらけ出された細い首筋にサディアスが噛みついた。

「んあ」

舌先がハリエットの柔らかな肌を辿り、彼女の身体が弓なりにしなった。

「掌のほかに怪我はない？」

サディアスの手がゆっくりと手首を辿り、お湯につけないよう、浴槽の縁に預けられた彼女の掌に触れる。大きめの絆創膏（ばんそうこう）を貼られて包帯の巻かれたそれに、彼の眉間に深い皺が刻まれた。

「……やっぱり殺しておけばよかったな」

浴室に満ちる甘い空気を、サディアスの低く物騒な一言が切り裂く。なのにどことなくくすぐったい思いを抱えながら、ハリエットは首を振った。

「よかったのよ、これで」

「だが……」

彼の温かな胸に背中をあずけ、からかうように背後を振り返る。

「医者が大袈裟（おおげさ）に包帯を巻いてるだけ。薄い皮が切れただけで、もう血も止まってるのよ？」

肩を竦めて見せれば、呻くような声を上げたサディアスが、彼女の耳朶をかぷりと食む。

「んぅ」

甘くすぐったい感触に身体が震える。それを追求するようにサディアスが彼女の耳殻を舌でなぶり始めた。

胸を包み込む彼の手がゆっくりと円を描くように動く。

胸の果実をもみ込まれ、更には頂を熱い指先でつままれて、ハリエットは彼の手の動きに反射的に身を添わせた。

(このままじゃ……)

まだ確認したいことがある。なのに、このままでは甘い責めに流されていくと気付いたハリエットが、身をよじって逃れながらかすれがちな声で尋ねた。

「……シェイタナは……どうなったのかしら……それとレディ・イーディス……」

切れ切れなそれに、サディアスがむっとしたように答える。

「……余裕だね、ハティ。この状況でも他人の心配？」

途端、甘い愛撫を繰り返されていた耳を、低い声が犯し、ぎゅっと強く胸を掴まれる。

「あ」

ぱしゃりと軽い水音が立つ。思わず身体を跳ねさせるハリエットは、サディアスが低く笑うのを感じた。

「自分が撒いた種だ。責任は彼らにある」

するりと太ももの内側を撫でられ、反射的に足を閉じようとする。だがそれより先にざばりと水音を立てて、サディアスがハリエットの腰を抱いて立ち上がった。

「きゃ」

ぐいっと身体を押され、ハリエットは無事な片手を冷たい壁に付いた。怪我をした方は柔らかくサディアスの手に握られる。

「待って」

慌てて身を捩って後ろを見れば、かがんだ彼が腰の一部に口づけるのがわかった。

（そこ……！）

自分では見えない、舵の形をした痣がある。そこにキスをしているのだと気付いたハリエットが自分自身を取り戻そうと身を起こす。

その背中に離れていた熱源が戻り、彼がゆっくりと身を起こしたことに気付く。

ここぞとばかりに抗議するべく持ち上げた腕は、しかし再びサディアスの掌に包み込まれて元居た場所へと抑え込まれた。

「もしあいつが法的機関に捕まった場合、裁判の後に投獄される。出られないとは思うが……」

冷たい声が更に続ける。

「俺としては、奴が二度と我々の目の前に現れない、確約が欲しい」

そう言いながら、彼は白く細い背中にキスの雨を降らせていく。ぐいっと身体を押し込まれ、両手首の内側を壁について背を反らせれば、空いた彼の手が、片手で胸を、もう片方でゆっくりと秘裂を覆い、優しく愛撫し始めた。

蜜口をなぞる硬い指先が、見つけた花芽を弾き、「あん」とハリエットの唇から甘い声が漏れた。それに気をよくしたのか、サディアスが滴るお湯と溢れる蜜を掻き分けて指先を密壺（なか）へと押し込んだ。ぬかるんだ音を立てて、硬い指が熱い内側へと沈んでいく。

「ああっ」

くぐもった悲鳴がハリエットの唇から漏れ、身体全体を覆うサディアスが微かに強張ったのがわかった。

「ハリエット」

甘い声が耳朶を襲い、彼の指が激しく……でも傷つけないように慎重に蜜壺を掻きまわす。

胸を掴む手が先端をつまんで転がし、柔らかな舌に耳殻をなぞられ、ハリエットは喉を反らして彼の頬に火照った自らの頬を押し当てた。

触れる場所すべてが熱を持ち、身体の内側で大きく快楽がうねる。

押し上げられ、弾けそうな、まさにぎりぎりで不意にサディアスが指を抜いた。

「あん」

切ない声が漏れ、胸の内を寂しさと不満が渦を巻く。だがそれも、続いて身体を貫いたもっと太く硬い楔に消え去った。

「ああぁっ」

びくりとハリエットの背中が強張り、それを捉えるように身体に回されたサディアスの腕が強く締まる。

ぎゅっと後ろから抱きしめられて、安心感と同時に逃げられないような気持になる。

内側が脈打ち、熱いもので満たされ、それがもたらす快感を識っているために、甘く蜜を零す膣内が期待に震えた。

途端、楔が引かれ、切なさに身体の奥の空洞がざわめく。

「や」

反射的に懇願するような声が漏れた。

それに気づいたのか、抜け落ちるぎりぎりまで楔を引いたサディアスが彼女の顎の下辺りに唇を寄せて囁いた。

「……欲しい？」

甘い甘いそれ。きゅっと目を閉じてこくりと頷けば、彼の意地悪い声が更に耳を犯す。

「ちゃんと言って？」

かあっと耳まで赤くなり、ハリエットは唇を噛んだ。こんな風に懇願させられるとは思っていなかったのだ。ふるっと首を振れば、それでもサディアスは低い声で笑うだけだ。

「ハティ？　欲しくないの？」

すり、と胸の先端を撫でられて身体の奥が満たしてほしいと切なく訴える。

それでも言葉で伝えるのをためらっていると、サディアスが更に腰を引く気配を感じ、彼女はどうにでもなれと噛み締めた唇を開いた。

「ダメ。……挿入て……お願い……」

後ろを振り返り、彼の頬にかすめるように口づければ。

「っ」

苦し気なうめき声と同時に、最奥まで届けとばかりに力強く穿たれた。

「きゃああっ」

思わず喉から悲鳴が漏れる。だが最後に甘い響きを帯びたそれに、サディアスは止めることなく激しく律動を刻み始めた。

膝から下のお湯が揺れ、水音がする。それに混じるように背後から貫かれて腰がぶつかる音が浴槽に響いた。

突かれる度に声が漏れ、わあん、と響く淫らな音に、ハリエットは唇を噛もうとした。だがそれをサディアスは許さない。無理な態勢で後ろからキスをし、腕と壁の間に挟まれたハリエットを追い詰めていく。

蜜壁の敏感な場所をこすられ、突かれ、隘路をいっぱいにまで満たされて。

奥まで貫かれたハリエットの意識が、サディアスから与えられるもので埋められていく。

「も……やめ……いっちゃ……」

唇を離し、そう訴えれば、身体を抱きしめる腕が胸を掴み新たな刺激に脳裏が真っ白になった。

「ああっ……ダメぇっ」

自分自身がぎゅっと、サディアスの楔を咥え込むのがわかり、そのきつい締め付けを振り切って最奥を何度も貫かれる。

快感が積み重なり、やがて目も眩むような銀色の光が視界の先で弾けるような気がした。

思わず瞑った瞼の裏が、赤く染まる。

「あああああっ」

長い嬌声が喉を吐いて漏れ、爆発的な解放感に身体が震える。

熱く蕩け、頽れそうになる身体を、サディアスは離してくれない。頂にまで達し、敏感になっている秘所が震えて楔を咥え込むのを確認したあと、再び鋭く打ち込んだ。

「っああっ!?」

達したばかりで敏感な部分を更に貫かれ、目の前が白く染まる。

「待って!?　もうだめっ！　止まって！」

余韻を残して消えるばかりだった快感は、続く追撃を前に再びじわじわと広がりを見せていく。

着地点を見失ったかのようで、ハリエットは慌てた。

だが、責め続けるサディアスの行為は止まらない。

「まって……だめぇ」

声が溶け、同じように思考も溶けていく。その中で、彼はハリエットの熱く締まる秘所から楔を抜くと彼女の態勢をくるりと入れ替え、正面から一気に貫いた。

「ああああっ」

全く力が入らないハリエットが声を上げる。その重みを抱えたまま、サディアスは先ほどとは別の角度で彼女を貫き続けた。

「ハリエット……君を……誰にも渡さない……」

切羽詰まった声が耳元で囁く。彼の首に腕を回して抱き着きながら、彼女が首を振る。

無言の肯定に、でもサディアスは飢えたようにハリエットをむさぼる。

「誰にも……俺だけのものだ……」

更に速度を増す行為に、ハリエットはしがみ付くだけで精いっぱいだった。それでも、彼女の身体を満たす彼の、強引すぎる行為の中に滲んでいる優しさに気付く。

彼女の身体を支える腕はたくましく、掴む手は痛みを与えないように加減がされているし、彼の唇はなだめるようにハリエットの肌を彷徨(さまよ)っている。

そして何より、耳元で囁く彼の声には切望が滲み、ハリエットの心臓をきゅうっと掴むのだ。

彼から与えられるものに応えたくて、サディアスの耳元で必死に告げる。

「ええ……私はあなたのものよ……そして、あなたは私のもの……」

「ああ」

真正面から抱き合い、互いを繋ぐものがやがて内側で大きく、熱く膨れ上がる。

目の前が真っ白になった瞬間、再び訪れた開放にあられもなく声を上げた。

「君は俺のものだ……ハリエット・フォルト……君は……あの時図書館で出会った瞬間からずっと……俺のものなんだ……」

一番奥まで貫くよう、数度、彼の腰が打ち付けられ、熱いものが満ちていく。その中で囁かれた、懇願するような響きを前に、ハリエットはうっとりと目を閉じた。

力が抜けていく中、胸の裡でそっと呟く。

私もあの日、出会った時からずっとあなたは自分のものだと思っていたわ……と。


浴室ですっかりのぼせてしまったハリエットは、サディアスに抱きかかえられて寝室のベッドへと運ばれた。

この、北の領地にある屋敷は素朴で頑丈な作りで、見上げた先には黒塗りのがっしりした格天井(ごうてんじょう)が広がっている。

今日は日の出前から活動していたので、窓の外がまだ、赤い夕焼けだというのにこのまま寝てしまいそうだ。

そんなガウン一枚羽織らされて横たわるハリエットの隣に、するりとサディアスが侵入してくる。腕が伸びてくるのを横目に確認し、眠そうな声で釘(くぎ)をさす。

「もう無理だからね」

「……今日はもうしない」

やや後悔の滲む声音に、落ちそうな瞼を持ち上げて自分を包み込むサディアスを見れば、彼はどことなくしょんぼりした様子だ。

「なんで落ち込んでるのよ」

思わず吹き出すと、彼は腕の中のハリエットをぎゅっと抱きしめる。

「自分勝手に抱いた自覚があるから……」

くぐもった声が身体に響き、ハリエットはちょっと目を見張る。顔を見られたくないのか、そのままの状態でサディアスがゆっくりと告げた。

「君が捕まったと聞いて生きた心地がしなかった……触れて、中に挿入(い)れたら止まらなくなって」

ごめん、と囁く彼にハリエットは思わず笑ってしまった。

「ハティ……」

情けない声に、彼女は腕から抜け出すとそっと彼の顎の辺りに口づけた。

「あなたも……そんな風に激情に駆られることがあるのね」

そっと胸元に手を這わせる。それを取って、サディアスが手首の内側にキスを返す。

「俺も驚いたよ。君にはいいところだけ見せたかったのに」

「私は嬉しいわよ？」

うっとりしたように呟けば、肌に口づけを落とすサディアスの動きが怪しくなっていく。

「……もうしないんでしょ？」

「…………うん」

腕を通り、首筋、頬、額……それから唇を塞ぐ。

しない、と言ったのにどんどんキスが深く、熱を帯びていく。ただ疲れ切ったハリエットには、それは官能をかき立てるというよりは眠気を誘うようで。

「……ハティ」

甘い声が名前を囁き、安心感に身をゆだねかかっていると、誰かが寝室の扉をノックした。

サディアスが起き上がり、ベットから抜け出していく。ハリエットは柔らかなそこに沈み込みながらうとうととまどろんでいると、再びマットレスが沈んで彼が戻ってきたことに気付いた。

「教会に残してきた連中のその後が知りたい？」

「シェイタナと……レディ・イーディス？」

「ああ」

目を上げれば、優しくハリエットの髪を撫でるサディアスが、手紙に目を落としていた。

「報告によればシェイタナはそのまま逃走。向かったのは海のある方向だから恐らくは国外に逃れる気なんだろう」

国外……それならばもう、奴に会うこともないのかもしれない。

そうほっとしたような気持ちで考えていると、急に冷えた声が、甘い響きで物騒なことを囁く。

「ま……地獄の淵まで追いかける連中もいるだろうけどね」

はっとして顔を上げれば彼は涼しい顔で先を続ける。

「レディ・イーディスは、自分が用意していた馬車で王都に戻ったそうだよ。彼女の罪状は……シェイタナがいない今、訴える者は俺か君になるが……」

ハリエットを気遣うようにこちらを覗き込む夫に、彼女は首を振った。

「彼女のことは気にしない。シェイタナがいなくなるのなら……それでいいわ」

「……そう」

微笑み、身をかがめた彼が額にキスを落とす。

「君は寛大だね」

まどろむ意識の端にそう囁かれて、ハリエットは手を伸ばすとサディアスのシャツを握る。

「違うわ」

これ以上彼女の人生に関わりたくないだけだ。

「私はあなたを手に入れた。それだけで満足よ」

微笑んで引き寄せたシャツに頬を寄せるハリエットは知らない。驚いたように目を見張った夫が、それから愛しくてたまらないというような顔で自分を見下ろしていることを。

このまま彼女とゆっくり過ごしたかったが、指示を仰ぐものが戸外で待っているため、眠りにつく妻を飽きるまで眺めた後に、サディアスはそっとベッドから抜け出した。

「公爵夫人はハーグレイブ伯爵令嬢を捨て置けと言ったが、万が一ハリエットに危害を加えようと考えられたら困る。監視だけはしばらく続行してくれ」

「かしこまりました」

例の庭師の男が綺麗な所作で礼を取る。

踵を返して歩き出す彼を見送り、近寄ってきたこの屋敷の執事がふうっと溜息を洩らした。

「奥様には何もかもお話に？」

長い眉毛に隠された、執事の切れ長の瞳がちらりと光る。対してサディアスは腕を組んで小さく笑うだけだ。

「何故？　俺が裏社会を陰から操っている、ジョーカーだと呼ばれる存在だと……明かす必要がどこに？」

「隠し事は時に亀裂になるかと思いますが」

珍しく渋面で告げる忠実な執事に彼は笑った。

「わかった。彼らと関わりがあることはちゃんと話すよ。俺が彼らを改心させたとね」

間違ってはいない。

三大組織は改心し、ジョーカーであるサディアスの命令は順守する。

ただ、ハリエットには彼らに自分が恐れられていることは伏せてもいいはずだ。そんな事実は、ハリエットとの結婚生活に関係ないのだから。

すまし顔の主に、執事はやれやれと首を振る。

だがそれでいいのかもしれないと、穏やかな顔で歩き出す主を見てそう思う。

彼はずっと退屈そうだった。退屈で退屈で……信じられるものなど何一つないと、そんな顔だった。

それが今はすこぶる楽しそうなのだ。

これから先も、あの奥様と一緒にいることで主が笑う機会が増えるのならと、執事は穏やかに思うのだ。

このままで構いはしない、と。

終章　地味青年の公爵様

穏やかに時間が流れる図書館で聞こえるのは、ページをめくる音や何かを書きつけるペンの音。時折交わされる職員の小声の短い会話だけで、あとは心地よい静けさだけが辺りを占めている。

インクと紙の匂いを胸いっぱいに吸い込んで、ハリエットは書棚の間を歩いていく。

久々に訪れた王立図書館は、何一つ前と変わらぬ装いでそこにあり、激変してしまったハリエットの日常を遠くに押しやって平穏を体現していた。

もはや懐かしいという感覚に浸りながら、彼女は目当ての本を探していた。

兄が借金を告白する直前に読もうとしていた書物だ。

(確か……この辺り……)

あった。

手を伸ばしかけて、ハリエットは微かに目を見張った。

(そうだわ……読もうとしてたのって、海に関する書物だった)

しかも手に取った本には海賊の姿が描かれている。

何となく複雑な気持ちになりながら、自分の『幸運の女神』としての力について考える。

（そもそも本当にそんな幸運の女神なんて力があるのかしら。お兄様の金貨だって、学者先生が調べ倒した結果、見つかっただけかもしれないし……）

他に何か幸運を与える女神についての記載がないか、他の書棚も探そうかと振り向いた瞬間、誰かにぶつかった。

「ご、ごめんなさい」

反射的に小声であやまり顔を上げれば。

「いえいえ。こんな場所に立っている俺が悪いので」

「タッド！」

そこには普段のきちんとした格好のサディアスではなく、くしゃくしゃの髪とちょっと皺の寄ったシャツ、厚手のズボンにブーツをはいたタッドが立っていた。

彼は両手を書架について腕の間にハリエットを囲いこんで笑っている。

呆れたように目を回し、ハリエットはひょいっと腕の下を潜り抜けた。

「何やってるのよ。その……格好で」

「君が図書館に行ったというのを聞いて、追いかけてきた」

文字通り自分の後ろを歩くサディアスが、むくれたような声で告げる。

「なんで一言言ってくれなかったのさ」

背後から耳元に、そっと囁かれてハリエットはびくりと身を強張らせた。それから勢いよく振り返る。

「だってあなた――」

思わず声を荒らげそうになり、慌てて小声になる。

「……弁護士の方とお仕事してたじゃない」

「そうだけど。君ならいつでも邪魔しにきてくれて構わないのに。むしろ歓迎だよ」

「……そうやってすぐサボろうとするから行かないの」

ちょん、と鼻先を突っつくと、タッドが不服そうに頬を膨らませた。

その様子に、ハリエットは何とも言えない愛しさと……ほんの少しの優越感が込み上げてきて微笑んでしまう。

途端、手を伸ばしたタッドが完璧な仕草でハリエットの腰を抱き、ゆっくりと歩き出した。

「そんな風に……余裕あり気に笑ってられるのも今のうちだよ」

「ええ？」

問うように目を上げれば、くしゃっとなった長めの前髪の下から、甘く見下ろす金色の瞳に遭遇する。どきりと鼓動が高鳴り、慌ててハリエットは目を逸らした。

急にタッドのもつ雰囲気を捨ててサディアスとしての色気やら何やらを出さないでほしい。

ぎゅっと手にした本を胸に抱く彼女を連れて、彼はいつもの中庭へとガラス戸を開けて出た。

「……今日は直ぐ帰るつもりだったのよ？」

公爵家の馬車を待たせてある。お昼を持ってこなかった。そう目で訴えるハリエットをいつもの木陰のベンチへとサディアスは連れていった。

置かれていたバスケットを見て、ハリエットは目を輝かせた。

「まぁ、あの日と同じものを用意してくれたの？」

「そう。俺達の出会いと同じ、サンドイッチとカットフルーツ、タルトにケーキ」

くすっと笑ってハリエットを座らせ、その真横にサディアスが腰を下ろした。

「距離感だけが違う」

すまして告げるサディアスに、彼女は思わず吹き出してしまった。

「ええそうね。あの時は礼儀にのっとって一人分間を空けて座ってたもの」

「俺としてはずっとこうしたかったけどね」

ハリエットが問い返すより先に、手を伸ばしたサディアスが彼女の腰を抱いて自らの膝の上にのせてしまう。

「ちょっと⁉」

悲鳴のような声が、誰もいない中庭に響き渡る。慌てて口を閉ざし、妻を膝にのせて嬉しそうな彼を睨み付けた。

「誰かに見られたらどうするのよ？　あなた、アッシュフォード公爵には見えないのよ？」

小声で叱責すれば、にっこり笑ったサディアスが、ハリエットがかぶるボンネットを更に深く引き寄せ、腕の中に囲うようにして抱き寄せた。

「こうすれば君がレディ・アッシュフォードだと誰にもわからない」

ふふ、と小さく笑うサディアスが酷く楽しそうで、叱責するつもりだったハリエットは開いた唇を閉じてしまった。

まあ……確かに、この図書館に通った日々の中で、お昼前のこの時間に社交界の人間と出会ったことはほんの一、二回程度しかなかった。

それも彼ら、彼女らは熱心に書架を眺めていて周囲に気を配る余裕などなさそうだったし。

そう、人目ばかり気にして立ち振る舞う舞踏会や夜会とは全く違う没入感が、ここにはあったのだ。

他人に注意を振り向けなくていい場所……だからこそ、ハリエットはもちろん、サディアスもここが好きだったのかもしれない。

「……一度やってみたかったんだけど……ダメ？」

こちらを覗き込む、前髪の下の金色の瞳。それが甘く懇願していて、ハリエットは溜息を呑み込んだ。代わりに、微かに尖っている彼の唇に素早くキスをした。

「仕方ないわね。じゃあ私は単なる王都に遊びにきた田舎娘で、あなたも仕入れにきた商人の青年ってことにしておきましょう」

澄ましてそう告げれば、微かに目を見張ったサディアスがゆっくりと背筋を正し、くるりと周囲を見渡す。

それからカットフルーツのイチゴを一つ、取り上げて唇に咥えると、そっとハリエットの顔に臥せってキスをした。

甘く、冷たいイチゴが熱い唇に触れ、それをゆっくりと口の中に取り込んでいく。それと同時に彼の唇が触れ、舌がハリエットの唇の端をなぞった。

どこまでも甘い口づけ。

頭の中がぼんやりし、夏の暑い空気の中に溶けたような心地でいたハリエットだが、ふと、オレンジを一房取り上げて、いそいそと口に咥えるサディアスを見て嫌な予感がした。

「……ねぇ」

「ん？」

「…………それ、全部やる気？」

カットフルーツは、イチゴとオレンジの他に、リンゴやスイカ、温室栽培の南国フルーツまで詰まっている。

さすが公爵家だ、とそう思いながらも山盛りのボウルに視線を落として尋ねれば。

「俺の夢だからね」

あっさりとサディアスが答える。

「全部は無理！　おかしくなるから！」

「それは是非試してみないと」

「サディアス……タッド！」

続く言葉は、オレンジ味のキスの前に儚く潰えていく。

言葉による会話は止まり、しばらく甘い接触に浸っていると、ようやく満足したのかサディアスが顔を離した。

「ねえ、俺の可愛い奥さん」

「なあに？　私の素敵な旦那様」

濡れたような夫の唇に指を伸ばせば、その先端にちゅっとキスをしてサディアスが続ける。

「俺達の正式な結婚式についてなんだけど」

にっこり笑う夫の様子に、嫌な予感しかしない。思わず笑顔が引き攣るハリエットに構わず、サディアスがにこにこ笑いながら続けた。

「母上とおばあさまがえらく乗り気で。今年一番の盛大なものにしようと張り切ってるんだけど」

現王妃と元王女が乗り気の結婚式……。

その破壊力溢れる単語の前にハリエットは真っ青になった。

「ち、ちゃんと……お断りしたのよね⁉」

しっかり者の元伯爵令嬢が震える声で尋ねるが。

「ねえ！　タッド！」

夫はただただ幸せそうに微笑んで、再び甘やかすようなキスをするだけなのであった。

あとがき

この度は「結婚した地味系青年と甘い初夜を迎えたら、何故か朝には美貌の公爵様にチェンジしてました‼」をお買い上げ頂き、ありがとうございます！

ガブリエラ様では二作目となるこちらの作品は、千石かのん史上一番敵に回したくないヒーローと無理やり結婚しようとする相手から逃れるために、一大決心をして彼と結婚する（笑）ヒロインの物語となっております。

同年代のような気やすい口調のカップルを書くのは初めてに近かったのでとても楽しく書かせていただきました！　皆様にも楽しんで頂けましたら幸いです。

最後に素敵なイラストを描いて下さった旭炬様！　色気が凄いヒーローに悶え死にしそうになりましたありがとうございますっ！

担当様、『にべこ』の皆、それと読んでくださった読者の皆様、本当にありがとうございます！

またどこかでお目にかかれることを祈りつつ……。

千石かのん

ガブリエラブックスをお買い上げいただきありがとうございます。
千石かのん先生・旭炬先生へのファンレターはこちらへお送りください。

〒110-0016　東京都台東区台東4-27-5（株）メディアソフト
ガブリエラブックス編集部気付 千石かのん先生／旭炬先生 宛

MGB-083

結婚した地味系青年と甘い初夜を迎えたら、何故か朝には美貌の公爵様にチェンジしてました!!

2023年4月15日 第1刷発行

著者　千石かのん（せんごく）
装画　旭炬（あさひこ）
発行人　日向晶
発行　株式会社メディアソフト
〒110-0016
東京都台東区台東4-27-5
TEL：03-5688-7559　FAX：03-5688-3512
http://www.media-soft.biz/
発売　株式会社三交社
〒110-0015
東京都台東区東上野1-7-15
ヒューリック東上野一丁目ビル3階
TEL：03-5826-4424　FAX：03-5826-4425
http://www.sanko-sha.com/
印刷　中央精版印刷株式会社
フォーマットデザイン　小石川ふに（deconeco）
装丁　齊藤陽子（CoCo.Design）

ISBN 978-4-8155-4309-9